Manuel Vázquez Montalbán est né à Barcelone en 1939. Essayiste, poète et romancier, célèbre dans le monde entier grâce au détective Pepe Carvalho, sa vision critique de la réalité et son engagement ont fait de lui un des intellectuels les plus actifs et lucides de notre époque. Son œuvre a été couronnée de nombreux prix littéraires en Espagne et à l'étranger ; plusieurs universités européennes lui ont décerné le titre de docteur *honoris causa*. Il est mort à Bangkok le 18 octobre 2003.

*Tatouage* est la première aventure de Pepe Carvalho.

# Manuel Vázquez Montalbán

# TATOUAGE

ROMAN

*Traduit de l'espagnol*
*par Michèle Gazier et Georges Tyras*

*Points*

La traduction de cette édition a été revue et corrigée. Elle a été publiée au sein d'un volume omnibus paru aux Éditions du Seuil en 2012. Les Éditions Points tiennent tout particulièrement à remercier Georges Tyras, professeur à l'université Stendhal de Grenoble et membre fondateur de l'Asociación internacional de estudios Manuel Vázquez Montalbán de Barcelone, pour sa précieuse collaboration à l'établissement de cette édition.

TEXTE INTÉGRAL

TITRE ORIGINAL
*Tatuaje*

ISBN 978-2-7578-2264-7

Un gars beau et blond comme la
[bière est blonde,
Qu'avait sur la poitrine un cœur
[tatoué.
Et dans sa voix amère, y avait la
[tristesse,
La douleur d'un accordéon fatigué.

*Tatouage*,
chanson de Rafael de León

# 1

La fille dorée avait plongé du pédalo et l'homme olivâtre et chauve nagea avec énergie pour se rapprocher d'elle, la voir émerger à la surface, surprendre le brillant de sa chair humide éclaboussée d'eau de mer et de soleil. La lumière de midi faisait rage. L'homme olivâtre et chauve s'assura qu'il avait pied, se remit debout et essaya de repérer sa famille sur le sable. Une femme à la silhouette épaisse frottait énergiquement un enfant. Sûr d'être tranquille, il poursuivit sa partie de chasse visuelle et regarda du côté où il avait laissé la fille dorée. Il la vit nager sur le dos et s'éloigner du pédalo immobile, seulement bercé par la mer calme.

C'est à ce moment-là qu'il vit le corps flotter sur l'eau, jouant à se cogner au pédalo. Sans doute un compagnon de la fille, qu'il n'avait pas remarqué avant. Rien, au fond, qui pût le déranger dans sa contemplation. Nul n'avait le droit de l'empêcher de la regarder, de s'emplir la rétine de cette chair parfaite vivifiée par le sel et la lumière crépitante. Il regardait alternativement la fille, qui traçait un sillage capricieux et désordonné sur l'eau, et le corps inerte qui flottait toujours, obstinément collé au pédalo à l'ancrage. Peu à peu, il se fit à l'idée que cette position qui s'éternisait était contraire aux lois de la respiration. Il y a des gens qui tiennent longtemps sous l'eau, se dit-il, je ne vais sûrement pas rameuter tout le monde pour qu'après le type se relève en pleine forme et que la fille se fiche de moi. La fille revenait en un crawl facile, glissant sur la mer comme sur des rails posés exprès. Elle s'arrêta à un mètre du pédalo et, intriguée d'abord, puis inquiète, observa le corps immobile, soulevé seulement par le va-et-vient de la mer. Elle chercha quelqu'un du regard, ses yeux se posèrent sur l'homme olivâtre et chauve qui observait la scène à vingt mètres de là. Rassurée, elle s'approcha du corps. Elle le toucha de la main et l'étrange nageur s'écarta du pédalo avec la passivité d'un mort. La fille se retourna vers l'homme qui la regardait et cria quelque chose dans une langue étrange. L'homme se décida. Il essaya de nager aussi vite et aussi bien qu'il le pouvait pour répondre vite et bien à l'appel d'une fille si belle. Il se retrouva devant le corps sans vie, et sa brutale évidence prit le pas sur le plaisir qu'il avait à être enfin près d'elle. Le chauve olivâtre poussa le cadavre puis, quand il eut pied, le tira, suivi par la fille, qui n'arrêtait pas de crier. Les hurlements creusèrent des tunnels de surprise parmi la foule des baigneurs et de ceux qui distillaient de la sueur ou l'épongeaient sur le sable. Plusieurs nageurs essayèrent de chiper la vedette à l'homme chauve et olivâtre. Mais celui-ci ne lâchait pas son trophée, un bras passé sous les aisselles du mort.

Quand ils eurent atteint la rive, ils se mirent à quatre pour sortir le corps de l'eau. L'homme chauve et olivâtre dirigeait les opérations. Le cadavre fut transporté tel qu'il avait été trouvé, visage contre terre. Il ne portait qu'un slip, il était jeune et blond, cuit par le soleil. Les quatre porteurs le retournèrent en le déposant sur le sable. Un cri d'horreur élargit le cercle formé par la foule demi-nue. Le noyé n'avait pas de visage. Les poissons avaient dévoré ses joues et ses yeux. Ils le retournèrent à nouveau. C'est alors qu'un gosse remarqua qu'il y avait quelque chose d'écrit sur la peau de son dos. Une main frotta les grains de sable mouillé. Quelqu'un lut à haute voix la phrase tatouée sur l'omoplate : *Né pour révolutionner l'enfer.*

## 2

Ce ne pouvait être rien d'autre que la sonnerie de la porte. La main de Pepe Carvalho palpait le réveil et le cœur du nerveux animal ne cognait pas. On sonnait à la porte. Il tapa sur le dos nu de Charo qui émergeait des vagues de draps.

– On sonne.

– Va ouvrir.

– Ce n'est pas chez moi, ici. Va voir, toi.

– C'est quelle heure ?

Charo était maintenant presque éveillée et avait l'air de s'intéresser à ce qui se passait.

– Une heure.

– Du matin ?

Pepe Carvalho lui fit voir les raies que le soleil, passant au travers des volets, traçait sur le sol de la chambre. Charo sauta du lit. Sa nudité trembla et elle l'enveloppa dans un déshabillé de soie brodée. Elle enfila des mules, pas les siennes, celles de son homme, s'arrangea les cheveux de la main et sortit. Appuyé sur un coude, Carvalho écoutait, un peu sur la défensive, les bruits ordinaires de porte qu'on ouvre, les voix, la porte qui se refermait. Les mules revenaient, arrachant des bruits au parquet. Charo faisait une sale tête.

– C'est Bouboule.

– Qui ?

– Bouboule, l'apprentie de Queta, la coiffeuse. Elle vient pour toi. Son patron voudrait te voir.

– En quel honneur ? Comment sait-il que je suis ici ?

– On dirait que tu ne connais pas le quartier. Envoie-la se faire foutre, si tu n'es pas intéressé.

Mais Pepe était déjà à la porte, devant une adolescente bien en chair. Les multiples rondeurs de Bouboule ne parvenaient pas à cacher la malignité opaque de ses yeux. Un regard complice qui parcourait le corps demi-nu de Carvalho.

– C'est mon patron qui m'envoie, il veut que vous veniez.

– C'est qui, ton patron ?

– M. Ramón, le mari de Mme Queta.

– Qu'est-ce qu'il me veut ?

– Il demande si vous pouvez venir… Il dit que c'est urgent. Tenez.

Elle lui tendit un papier. Carvalho ouvrit un volet pour avoir du jour et lut : « J'ai une affaire qui pourrait vous intéresser. » Il posa le billet sur la console de l'entrée et retourna dans la chambre. Il enfila ses vêtements posés en tas sur le fauteuil à bascule tandis que Charo, devant la glace, pressait ses points noirs.

– Je reviendrai demain. Tu as du monde ce soir ?

– Quatre ou cinq, à partir de sept heures.

– Pépères ?

– Un peu de tout, tu vois. Mais reviens dormir si tu veux.

– Je dois passer chez moi. Voir le courrier. Je ne sais plus où j'en suis, ces jours-ci.

Carvalho se dirigeait vers l'entrée quand il changea de direction et entra dans la cuisine. Il ouvrit le frigo : lumière et vide. Il mit le doigt dans la chantilly d'une religieuse et le suça. Il se rabattit sur un verre d'eau glacée et une demi-tablette de chocolat. Il constata que l'éternelle bouteille de champagne du frigo de Charo était à moitié pleine. Il la déboucha, avala un peu de breuvage glacé, fade et éventé. Il vida le reste dans l'évier et, quand il se retourna, il vit Charo, adossée à la porte, le visage enduit de crème, drapée dans un peignoir blanc.

– Ne te gêne pas !

– Il était fichu.

– Et si je l'aime fichu, moi !

– Désolé.

Charo avait disparu de l'embrasure, lui laissant la voie libre. Carvalho regagna l'entrée où Bouboule l'attendait depuis un moment, impatiente et poussant des soupirs à fendre l'âme. Dans l'ascenseur, il parcourut à la dérobée l'orographie cotonneuse de l'adolescente à l'affût qui faisait semblant de ne rien voir. Carvalho la laissa passer devant et la suivit sur le trottoir. Bouboule marchait en prenant des allures de starlette, s'essayant tous les dix pas à faire voler, d'un coup de tête, ses cheveux courts et roides de laque. La ville plongeait dans la trêve de midi et le grincement des rideaux de fer des boutiques clôturait le travail de la matinée. Ils arpentèrent des défilés de façades lépreuses et atteignirent la rue de la Cadena. Bouboule pressa le pas et Carvalho vit, toute proche, l'enseigne : *Queta-Coiffure*. Une fois passée la porte de verre dépoli, le spectacle des clientes attardées sous le séchoir – visages mangés par les casques et les bavettes blanches – s'offrit à lui. Il examina les jambes terminées par les sandales en plastique rouge des coiffeuses. Sur sa rétine se fixa l'image d'un cul agressif sous une blouse bleue.

– C'est qui, la quatrième ?

– Quelle quatrième ?

– Celle qui est au fond du salon.

– Queta.

Bouboule répondit sans se retourner, tandis qu'elle gravissait l'escalier de bois qui menait à un entresol baigné de lumière au néon. Derrière un bureau datant d'avant-guerre, un homme leva la tête.

Il rabattait sur son crâne chauve les rares cheveux qui restaient accrochés à ses pariétaux et, pour son âge, son visage blanc et tavelé était à peine ridé. Il portait un costume gris et avait croisé ses pieds chaussés de mules de cuir sous le bureau.

Bouboule redescendit dès que l'homme assis et Carvalho eurent échangé un regard. Carvalho obéit à la muette invitation de l'homme assis et se laissa tomber dans un petit fauteuil garni de plastique vert. L'homme avait trop d'allure pour ce salon, pour ces pantoufles. Carvalho se sentit observé, jaugé, mesuré. Quand il eut terminé son examen, l'homme baissa les yeux vers son bureau comme s'il y cherchait quelque chose. Une coupure de journal, qu'il tendit à Carvalho. Celui-ci la lut et la garda entre ses doigts, sans piper mot ni détourner le regard de la peau étrange de l'homme assis.

– Vous étiez au courant ?

– Non.

– Vous ne lisez pas les faits divers ?

– Parfois.

– Qu'est-ce que vous en pensez ?

– Et vous ?

– C'est moi qui vous pose la question.

Carvalho haussa les épaules. L'homme s'était renversé contre le dossier de sa chaise tournante en bois et semblait attendre que quelque chose se passât. Carvalho observait ce modeste bureau de magasin modeste, semblable à n'importe quel bureau modeste de magasin modeste dans un quartier modeste. Seules l'étonnante allure du vieux, son élégance, une certaine gueule enfin ne collaient pas avec le reste.

– J'aimerais savoir qui était ce type et ce qu'il faisait.

Carvalho reporta son attention sur la coupure de journal.

– Ce n'est sûrement pas très difficile. La police a dû l'identifier.

– Je n'ai pas envie de m'adresser à la police.

– Ce serait le moyen le plus rapide, le moins cher et le plus sûr.

– Je ne tiens pas à ce que ce soit rapide ou moins cher. Quant à ce qui est sûr ou pas, chacun a son idée là-dessus. Je n'ai pas l'intention de

16

vous raconter des histoires, aussi je ne vous dirai pas pourquoi je veux savoir qui est ce type.

– Peut-être que vous faites collection d'histoires de naufragés, après tout. Ce cadavre ne manque pas d'intérêt. Un tatouage pareil ne se rencontre pas tous les jours.

– Si vous ne pouvez pas vous passer d'une bonne raison pour faire les choses, inventez-en une. Tout ce que je veux, c'est savoir qui était ce type qui s'est noyé.

– J'ai besoin d'un point de départ. Les flics ne plaisantent pas et si j'avance à l'aveuglette, je ne pourrai pas éviter de tomber sur eux un jour ou l'autre.

– On m'a dit beaucoup de bien de vous.

– Je n'en doute pas.

Carvalho reposa la coupure de journal sur le bureau encombré de paperasse et se remit à contempler l'homme assis, sans rien dire.

– Vous me connaissez maintenant. Je m'appelle Ramón et je tiens ce salon avec ma femme. Si vous voulez, vous pouvez vous dire que j'ai mes petites fantaisies et que je n'hésite pas à claquer du fric pour les satisfaire. Je veux savoir qui était cet homme. Comme point de départ, nous n'avons que deux choses. Un, son âge. D'après la description du journal, c'est un jeune. Deux, son tatouage.

– Vous n'avez rien d'autre à me dire ?

– Si. Je vous payerai cent mille pesetas pour ce travail.

– Mes frais en plus.

– Sans exagérer.

Carvalho s'était levé. L'homme aussi s'était levé, pour la première fois, son corps appuyé sur ses deux mains étalées sur le bureau. Carvalho vit alors l'énorme chevalière en or passée à son doigt, une grosse tête de chef indien, et dit :

– Cinquante mille tout de suite.

Dès que le mot « cinquante » était sorti de sa bouche, la main presque entièrement couverte par le chef indien avait disparu dans un petit tiroir de bois et en avait extrait une liasse. L'homme compta cinquante billets de mille pesetas et les tendit à Carvalho. Celui-ci les fourra dans sa poche et repartit par où il était venu. Ses pas réveillèrent l'âme de bois des marches et quand il déboucha dans le salon, il chercha du regard le cul qui l'avait impressionné à son arrivée. Mais Queta était tournée vers lui. Un devant charnu et agréable de femme de presque quarante ans, trop maquillée peut-être, avec des yeux trop grands.

Dans la rue, Carvalho se dit qu'il n'avait pas été à la hauteur. Ce type, Ramón, lui avait donné cinquante billets et en avait remis au moins autant dans son tiroir. Il aurait été tout disposé à lui allonger le tout d'avance.

## 3

La salle sentait les rognons au xérès. Carvalho chercha une table dans un coin d'où il pourrait avoir une vue d'ensemble, tandis que l'air alourdi d'effluves de graisse de rognon pénétrait son nez, sa bouche, sa langue. Il commanda une salade castillane et des rognons. Il tenta de se représenter ce qu'on pouvait attendre de l'adjectif « castillane » accolé au substantif « salade ». Son imagination était plus fertile que celle du cuisinier. Il s'agissait d'un lit de pommes de terre à la vinaigrette sur lequel étaient déposées stratégiquement quelques miettes de thon à l'escabèche.

Tenant à l'œil les miettes clairsemées, Carvalho n'en observait pas moins la salle et se faisait une idée du lieu et des gens. Il demanda au garçon :

– Bromure est là ?

– Il termine avec quelqu'un en bas. Je vais lui dire de monter, si vous voulez.

– Oui, merci.

Bromure arriva et trouva Carvalho qui trempait des bouts de pain dans la sauce des rognons, les contemplait, tout imprégnés de graisse brune, les offrait enfin à l'attente palpitante de sa langue. Un plat de rognons était d'abord un plaisir olfactif et tactile que l'arrivée du cireur ne parvint pas à troubler. Bromure s'agenouilla devant Carvalho, saisit un de ses pieds et le posa sur sa boîte.

– Tu es venu pour la bouffe ou pour le travail ?

– Les deux. On a trouvé un mort sur une plage. Il n'avait plus de visage. Les poissons l'avaient dévoré et il avait une phrase tatouée dans le dos : *Né pour révolutionner l'enfer.*

– Il y a des gens qui ne doutent de rien.

– Que veux-tu que j'y fasse ?

– Et dans sa voix amère, y avait la tristesse… d'un accordéon fatigué, non ?

– Qu'est-ce que tu me sors, là ?

Les yeux larmoyants du cireur s'enfoncèrent encore dans le réseau serré de rides crasseuses qui lui composait un visage, à partie égale avec des plaques de couperose violacée. Il riait, sans doute, ou du moins c'est ainsi que Carvalho interpréta la sorte de commotion sismique qui souleva le bloc de rides.

– C'est une vieille chanson qui s'appelait *Tatouage*, chantée par Conchita Piquer.

Carvalho s'en souvenait. Il la fredonna, hésitant d'abord, avec assurance ensuite, aidé par Bromure. Le cireur chantait avec des accents de flamenco tragique alors que Carvalho se rappelait d'un air plutôt guilleret. Mais il le laissa aller jusqu'au bout et, à la fin, il se pencha comme pour examiner l'avancée du travail.

– J'ai besoin de tout ce que tu pourras trouver là-dessus.

– Pour l'instant, c'est le noir total. Que dalle.

– Mais maintenant, tu sais que je suis inté-ressé. Demain, à une heure, j'irai me faire cirer les pompes au Versailles.

– Tu vas voir les putes ?

Carvalho lui accorda un sourire ambigu et lui tendit l'autre pied. Les rares cheveux de Bromure laissaient voir la couche pelliculeuse de son cuir chevelu. Pour gagner sa vie, le cireur était aussi bien indicateur, vendeur de cartes pornographiques ou pitre, quand il expliquait, par exemple, l'us et l'abus que font du bromure les puissances occultes qui nous gouvernent :

– Je vous dis qu'ils en foutent partout, dans tout ce que nous avalons, pour que nous ne la rame-nions pas et que les bonnes femmes puissent sortir dans la rue tranquilles. Si c'est pas malheureux ! Elles pullulent, et qu'est-ce qu'on a à leur offrir pour leur faire plaisir, hein ?

Bromure se taillait toujours son petit succès avec le récit de la conspiration bromurique et du déphasage qu'il y avait entre la réalité et son désir. Depuis vingt ans, il amusait la galerie avec son his-toire. Au début, il croyait participer en quelque sorte à la diffusion et au développement de la science de l'Homme ; après, il s'était rendu compte que son histoire amusait plus qu'elle ne faisait réflé-chir les gens, et elle devint pour lui un moyen de leur faire mettre la main au portefeuille. Cette fois, Carvalho glissa un billet de cinq cents pesetas dans la poche de son gilet. Bromure en leva la tête de surprise et lui dit :

21

– Un bon coup ?

– Assez.

– Tu n'es pas du genre à lâcher cinq cents pesetas pour des prunes.

– Si tu trouves que c'est trop, rends-les-moi.

– Tu te fous de ma gueule, Pepe ? À demain.

Il ramassa sa boîte et s'en alla, le long de l'allée centrale de ce restaurant populaire, examinant les pieds des convives comme s'il cherchait des champignons. Carvalho laissa l'argent de l'addition dans la soucoupe et sortit. Sur le moment, il ne se rappela plus où il avait garé sa voiture, la nuit d'avant, mais il avait comme une idée que c'était plus haut sur les Ramblas. Il déambula sur la voie du milieu, s'arrêtant devant les kiosques à journaux et à livres, devant les éventaires de fleurs, feuilletant des magazines, soupesant des sachets de graines, puis, plus haut, s'interrogeant sur l'étrange destin des oiseaux et des petits singes enfermés dans des cages et mis en vente. Déjà la Rambla s'animait de cette agitation commerciale de fin d'après-midi et Carvalho passa sous l'écu suspendu au-dessus de l'entrée du marché de la Boquería. Il avait envie de dîner comme il faut. Il éprouvait le besoin de faire la cuisine tout en réfléchissant seul, chez lui, à l'affaire, et sa journée se terminerait par un dîner fin, avait-il décidé. Il acheta de la baudroie, du colin frais, une poignée de clovisses et de moules, quelques langoustines. Les bras chargés de sacs de plastique blanc remplis de trésors, il parcourut le marché du soir, son réveil paisible. Bien des étals étaient fermés, faire son marché l'après-

22

midi, c'était se mouvoir dans un temps différent de celui du matin, une atmosphère autre baignant dans un silence presque complet brisé seulement par les sons particuliers à l'offre et à la demande.

Il avait trente ans, il était grand, brun, il s'habillait cher, chez un tailleur des beaux quartiers, pourtant, il y avait dans son apparence quelque chose d'un peu négligé ; et il aimait par-dessus tout se balader, tranquille, entre les étals de la Boquería, chaque fois qu'il abandonnait le domaine de Charo pour reprendre le chemin de sa tanière, là-haut, sur les flancs de la montagne qui dominait la ville.

# 4

On arrivait chez Carvalho par un large chemin de terre qui grimpait entre de vieilles baraques prétentieuses, d'un blanc devenu gris sous cinquante ans de pluie, émaillées de carreaux de faïence verts ou bleus, avec de grandes mèches de bougainvilliers ou de belles-de-nuit passant par-dessus les clôtures. La villa de Carvalho n'était pas un chien aussi vieux ni d'aussi bonne race. Elle n'avait pas été construite à l'époque de la splendeur de Vallvidrera, mais lors de son second grand moment historique, quand certains grossiums du marché noir d'après-guerre s'étaient mis à rechercher sur la montagne un observatoire fleuri de leurs florissantes affaires. Des nouveaux riches modestes d'un marché noir modeste. Gens économes qui avaient conservé de leur état d'avant-guerre l'amour du pavillon de banlieue entouré d'un jardin d'agrément avec, si possible, un coin pour les salades, pour les pommes de terre, les tomates, plaisirs merveilleux de la semaine anglaise et des congés payés.

Carvalho avait loué cette maisonnette construite dans le goût fonctionnaliste des années trente. Ses architectes avaient été tout près d'en faire quelque chose d'absolument fonctionnel, mais sans doute le propriétaire avait exigé ici « une note de couleur », là « un détail pour faire joli » – quelques capricieux parcours de briques qui ressemblaient à des alignements de dents creuses sur les corniches, par exemple, ou même, pourquoi pas, une rangée de carreaux de faïence jaunes incrustée dans la façade jadis ocre, devenue verte au bout de trente ans.

Carvalho prit le courrier dans la boîte et traversa le jardin de terre et de dalles mouvantes qui le séparait du perron. Par négligence, il avait laissé pousser n'importe comment les herbes folles et sur le perron les feuilles pourries de l'automne précédent avaient laissé comme un pigment brun et glissant qui collait aux semelles et qu'on transportait dans la maison. Les pieds de Carvalho foulèrent la mosaïque à dessins géométriques de l'intérieur et suivirent le sillage de lumière que ses mains arrachaient aux interrupteurs. Juillet avait le soir triste. Carvalho éprouvait le besoin de faire du feu quand il voulait penser à l'aise. Pour ne pas mourir de chaleur, il se mit torse nu et ouvrit volets et fenêtres, laissant entrer l'air plus sec du dehors et les restes de soleil qu'offrait le soir. En ouvrant les volets, ses yeux accrochaient l'horizon vert au nord et à l'est et la géométrie urbaine de la ville au pied de la montagne. La brume de pollution n'était aujourd'hui qu'une sorte de calotte polaire flottant au-dessus des quartiers industriels et ouvriers du port.

Carvalho descendit à la cave pour y chercher du bois. Il fit plusieurs voyages, puis nettoya la cheminée des restes de la dernière flambée qu'il y avait faite, cinq jours plus tôt. Quatre nuits de suite chez Charo, c'était trop de nuits. Carvalho était tiraillé entre des sentiments contradictoires. D'un côté, il se reprochait d'avoir abandonné sa maison et sa vie réglée, normale. De l'autre, il se rappelait le velours de la peau de Charo, la douceur de sa peau la plus secrète, certains gestes tendres qui lui avaient démontré qu'elle l'aimait.

Il chercha vainement un journal pour mettre le feu au tas de bois qu'il avait arrangé selon les règles des bons allumeurs de feu. Du petit bois à la bûche, le tas respectait la correcte hiérarchie pyramidale allant du plus léger au plus lourd. Mais il n'avait pas de papier.

– Je devrais lire les journaux plus souvent, dit-il à haute voix.

Finalement, il s'approcha des rayonnages de livres qui recouvraient les murs de la pièce. Il hésita mais se décida pour un livre rectangulaire, vert, épais. Carvalho en lut un fragment tout en le portant au bûcher. Il s'intitulait *España como problema*, écrit par un certain Laín Entralgo à une époque où l'on croyait que l'Espagne était à elle-même son seul problème. Il glissa le livre – tous les feuillets, y compris la reliure qu'il avait forcée – sous le bois, puis il y mit le feu, à la fois anxieux et impatient de voir jaillir la flamme tandis que le livre se transformerait en un simple amas de mots oubliés.

Quand le feu fut enfin une forme vive et chaude, Carvalho se rendit dans la cuisine et aligna ses achats, selon un ordre correspondant à celui que requérait la préparation du dîner. Avant d'entreprendre quoi que ce fût, il redescendit à la cave. Il avait fait abattre une cloison qui réunissait jadis deux murs porteurs pour laisser à nu la terre et le roc de la montagne. On y avait creusé une niche où luisaient maintenant les ventres poussiéreux des bouteilles, illuminés par une ampoule à l'éclat presque sonore. Il chercha la rangée des vins blancs et choisit un fefiñanes, parmi d'autres crus hispaniques peu représentés. Alors qu'il avait son fefiñanes en main, son autre main, comme malgré elle, se tendit vers un bordeaux blanc de blanc, mais le dîner ne serait pas à la hauteur de ce cru qui n'avait pourtant rien d'exceptionnel. Chaque fois qu'il descendait à la cave, il manipulait avec précaution l'une de ses trois bouteilles de sancerre qu'il laissait dormir jusqu'aux fruits de mer de Noël. Le sancerre était son vin blanc préféré, mis à part le pouilly-fuissé, vin sacré digne, selon lui, de présider aux dernières volontés de tout gourmet intelligent à l'agonie. Il se résigna, soupira, son fefiñanes à la main, et remonta à la cuisine. Il nettoya les poissons, décortiqua les langoustines. Il mit à bouillir les parures des poissons et les carapaces roses avec un oignon, une tomate, des gousses d'ail, un piment, un petit bouquet de céleri et de poireau. La chaudrée à la Pepe Carvalho ne pouvait se faire sans court-bouillon. Il fit revenir ensemble une tomate, de l'oignon, un piment, puis, quand la préparation eut l'épaisseur suffisante, il ajouta les pommes de terre et laissa mijoter le tout à petit feu. Il jeta ensuite les langoustines dans la casserole, la baudroie, enfin le colin. Les poissons prirent une belle couleur, suèrent leur eau qui se mêla à l'espèce de mortier que faisait la sauce. Carvalho mouilla alors avec un bol de court-bouillon. En dix minutes, la chaudrée galicienne était prête.

Carvalho dressa la petite table qui était devant la cheminée et mangea à même la casserole. En revanche, il but son fefiñanes très froid, dans un verre à pied de beau cristal. À chaque vin son verre. Carvalho ne s'imposait guère de contraintes, mais celle-ci en était une parmi les plus strictes.

Après dîner, il prit une grande tasse de café léger, comme il avait appris à le faire aux États-Unis, et alluma un Montecristo numéro un. Il s'installa presque à l'horizontale sur les deux canapés, tenant son cigare d'une main, sa tasse de l'autre, le regard perdu dans les flammes happées par le puits noir, encrassé, sinistre, de la hotte. Il imaginait le corps du jeune homme blond, « grand et blond comme la bière est blonde », disait la chanson. Un jeune homme qui s'était fait tatouer *Né pour révolutionner l'enfer* dans le dos. Il se souvint d'une histoire de tatouage, celle de Madriles, un petit voleur, la reine des pommes, qui s'était fait tatouer *Mort aux vaches* sur la poitrine, déclaration de principe qui lui avait valu en gros trente ans derrière les barreaux, à faibles doses, pour des petits délits, en vertu de la loi franquiste sur les vagabonds et les malfaiteurs… Dans tous les commissariats du pays, on aimait bien obliger Madriles à montrer son tatouage.

– Vas-y, Madriles, montre-le-nous.

– Je vous le jure, monsieur l'inspecteur, j'étais

bourré ce jour-là, je savais pas ce que je faisais. L'artiste chez qui j'étais allé me l'avait bien dit : « Tu devrais pas, Madriles, tu cherches les emmerdes. »

– Un de plus, un de moins, au point où tu en es… Vas-y, Madriles, enlève ta chemise.

L'artiste. Un artiste avait tatoué l'homme « grand et blond comme la bière ». Il ne s'agissait pas d'un de ces tatouages superficiels qu'on achète dans les drugstores, à l'usage de minettes qui rêvent d'avoir des marques sur le corps et dans l'âme. La mer, qui avait donné aux poissons le temps d'achever leur festin, en aurait effacé toute trace et l'homme en serait ressorti non seulement dans la nudité de la mort, mais encore dans la nudité de l'anonymat le plus complet, sauf si ses empreintes digitales figuraient aux sommiers. La carte d'identité, se dit Carvalho. Tout le monde y est, après tout. Il se mit à échafauder une première histoire plausible sur les rapports qui unissaient l'homme mort et son client. Il y avait une complicité entre eux qui les liait. Carvalho s'efforça de rejeter mentalement cette hypothèse qui risquait d'influencer et même de dévoyer le processus d'accès à la vérité. Et il était payé pour savoir qu'il n'y avait rien de pire dans une enquête.

Quand il eut éclusé son premier litre de café de la nuit, le feu était si fort qu'il rugissait et avait fait de la pièce le théâtre de son mouvement enchaîné, affolé. Carvalho avait trop chaud, il se mit en slip. Juste un instant. Assez pour qu'il se vît lui-même en noyé et, mal à l'aise, allât chercher une seconde peau – sa veste de pyjama.

## 5

Fatigué de dormir, il finit par se réveiller. À travers la grille de la fenêtre entrouverte pénétraient les piaillements des oiseaux excités par le soleil et la chaleur. Il s'approcha et vit que chaque chose était à sa place : le ciel et la terre. Lc chauffe-eau électrique et la cafetière italienne l'aidèrent à émerger à la conscience de lui-même. La douche et le café le ramenèrent à la réalité de l'ici-et-maintenant et aux projets immédiats qui l'aideraient à faire passer la journée plus vite. Ça ou autre chose…

C'était le jour de la femme de ménage et il vérifia rapidement que rien de ce qu'elle ne devait pas voir ne traînait. Il se rendit compte alors qu'il n'avait pas ouvert son courrier. Il regarda d'où venaient les lettres et fit deux piles avec ce qui valait la peine d'être lu et le reste. Un tas de prospectus et deux lettres. L'une venait de la Caisse d'épargne. L'autre de son oncle en Galice. Il commença par la lettre de la Caisse. C'était le relevé de son compte. Il lui restait cent soixante-douze mille pesetas. Il sortit de la poche de sa veste les cinquante mille pesetas que lui avait données Ramón et se demanda s'il avait intérêt à les mettre sur son compte courant ou sur son livret. Il alla chercher son livret dans un petit coffre-fort qui se trouvait au fond du tiroir du bas d'un secrétaire. Il avait trois cent mille cinquante pesetas de côté. Avec ce qu'il avait sur son compte courant, c'était presque un demi-million de pesetas. Le fruit de dix ans de travail, beaucoup et peu à la fois. L'assurance que dans dix ans il atteindrait le million et ne crèverait pas de faim quand il serait vieux.

Carvalho décida de mettre les cinquante mille pesetas sur son livret – sur son compte courant, l'argent filait trop vite, il avait le chèque facile. Sur son livret, elles étaient plus en sécurité. Il recompta les cinquante billets et les étala sur la table, d'un geste large de gangster généreux. Un à un, il les ramassa, les empila avec soin et fit claquer la liasse dans l'air. Il la glissa dans une enveloppe avec son livret. Il passa à l'autre lettre, celle de son village. Le frère cadet de son père lui écrivait un morceau choisi de rhétorique de haut vol mal servi par son écriture presque illisible, les syllabes qui se chevauchaient.

Après les longs préliminaires de rigueur consacrés à sa santé et au souvenir du père, l'oncle, doué pour l'image, peignait avec talent un tableau du désespoir agricole : les récoltes avaient été mauvaises, la vache avait eu la gonfle – avait-elle mangé de la mauvaise herbe ou était-elle victime d'un poison donné par un voisin ? –, elle en était morte. Pis, la tante était malade, il l'avait envoyée prendre les eaux à Guitiriz – bref, une fortune. Si son père avait vécu, il aurait compati à ses malheurs, et voilà qu'ils n'avaient plus que lui, pouvait-il les aider, sans que ça le gêne, bien sûr, sans que ça lui fasse des ennuis ? Au fait, ils lui envoyaient une douzaine de chorizos, deux fromages et une bouteille de marc par un transporteur lent mais sûr.

Carvalho insulta en galicien sa famille et la mère qui l'avait mis au monde. Un instant il voulut écrire une lettre bien sentie où il oserait leur dire enfin ce qu'il pensait d'eux – que son père avait été bien bête de renoncer à son héritage, qu'il n'aurait jamais dû les aider comme il l'avait fait toute sa vie, qu'ils lui avaient tout bouffé et qu'il était mort sans le sou. Parce qu'il avait émigré à Cuba, puis à Madrid et à Barcelone, ils l'avaient toujours pris pour l'oncle d'Amérique.

Mais il n'écrivit pas de lettre. Il griffonna un mot pour leur annoncer qu'il leur envoyait un mandat de cinq mille pesetas. Il se dit que c'était ce que son père aurait fait, c'était une façon de le ramener à la vie, le pauvre vieux. Les larmes lui montèrent aux yeux, il le revit, froid, ratatiné, allongé sur la paillasse en céramique blanche de la morgue de l'hôpital San Pablo, alors qu'il débarquait tout juste de San Francisco après un voyage épuisant. C'était la deuxième vache qu'il aidait à payer depuis la mort de son père. Il lui coûtait cher, à titre posthume.

Carvalho avait plusieurs choses à faire avant d'aller retrouver Bromure, et elles semblaient bien toutes liées à son origine galicienne. Il déposa son argent à la Caisse d'épargne de l'avenue Carlos III puis alla jusqu'au bureau de poste de l'avenue de Madrid pour envoyer un mandat. Une demi-heure plus tard, il était en paix avec sa conscience et rassuré sur son avenir.

# 6

Il laissa son coupé Seat rouge dans le parking de la place Villa de Madrid. Il aimait garer sa voiture en haut des Ramblas, après, il descendait à pied jusqu'en bas, jusqu'au territoire de Charo. Il marchait sans se presser sous les platanes, s'arrêtait ici ou là, se laissait attirer par les offres les plus inattendues. Le feuillage des platanes éclaboussait de taches claires, blanches ou jaunes, les rares passants du matin. Carvalho entra sous les arcades de la Plaza Real et se sentit pénétré par l'atmosphère de tranquillité et d'harmonie qui se dégageait de cette architecture du XVIII<sup>e</sup> siècle. Il passa sous un grand porche et gravit quelques marches de granit encastrées dans du bois qui n'avait pas été ciré depuis longtemps. Une porte en bois, elle aussi, lourde, vernie de brun, s'ouvrit sur un petit vieux vêtu d'une robe de chambre à carreaux. Il reconnut Carvalho, le fit entrer et le précéda le long d'un couloir tapissé de papier peint à motifs pompéiens, vers une salle à manger pseudo-anglaise encombrée de statuettes en plâtre, de bateaux dans des bouteilles, d'un ensemble de photos de famille jaunies devant lesquelles tremblait la flamme de veilleuses flottant dans deux bols pleins d'huile. La pièce sentait la cire et le chou bouilli ; cette odeur rappelait à Carvalho certaines scènes de son enfance, quand il allait passer l'été à Souto, avec les vaches qui, de l'étable, pointaient leur museau dans la salle commune. Don Evaristo Touron lui fit signe de s'asseoir et se mit à ressasser de vieux souvenirs du pays. Il se répétait beaucoup, ces derniers temps, il perdait le fil de ses histoires, et Carvalho craignit d'avoir droit une nouvelle fois à un discours épuisant sur les loups du Monténégro qui ravageaient la région de San Juan de Muro et descendaient parfois jusqu'à Pacios, sur les traces des brebis de Manolo le Tailleur.

– Je voulais vous parler d'un tatouage, don Evaristo.

– Ah ! Tu veux te faire tatouer. J'ai arrêté. Il faut avoir la main. La main et l'envie. Pour être un bon tatoueur, il faut avoir le goût du métier.

Don Evaristo se leva et alla chercher dans le tiroir du buffet un album de photos où il avait rassemblé ses chefs-d'œuvre.

– Tiens. Un type de chez nous, du Ferrol. Un pêcheur de morue. Tu vois ?

Il avait un tatouage qui lui prenait toute la poitrine et représentait un arbre feuillu où les fruits avaient été remplacés par des corps de femmes. Sur une autre photo, un homme-gorille bandait un biceps orné de la colonne dédiée à Christophe Colomb qui se trouve à Barcelone, accompagnée de la légende : *Où que tu te caches, Mercedes, je te retrouverai.* Un adolescent montrait ses fesses où don Evaristo avait gravé : *Par ici la sortie. Défense d'entrer.* Don Evaristo regretta encore une fois de ne pas avoir pris une photo du pénis d'un pickpocket qu'il avait tatoué un jour. Quand il était au repos, on voyait un chat, mais quand le prépuce se rétractait, une petite souris apparaissait sur le gland.

– Je m'en suis vu pour faire ça, Pepiño, je t'assure, je suais des gouttes grosses comme le poing. Le gars, il gueulait mais il a tenu bon, c'était un vrai de vrai.

Carvalho lui demanda s'il savait qui exerçait encore.

– J'ai bien essayé de faire école, ici. Il n'y a pas eu moyen. Qui c'est qui se faisait tatouer ? Les marins, les marlous. Les marins, terminé, il n'y en a plus, en tout cas c'est plus les mêmes qu'avant. Les marlous ne se font plus tatouer parce que ça les fait repérer. J'ai eu un élève, au Clot, qui travaillait bien. Mais il était pédé et dans ce métier, ça ne pardonne pas, on en prend plein la gueule. Il reste un type de Murcie, assez bon, un peu plus jeune que moi. Il habite près du parc. À Barcelone, c'est presque terminé. Tu peux voir à Tanger, il en reste encore, au Maroc il en reste encore, dans quelques ports du Nord aussi. À Hambourg, fini ou presque, on raconte beaucoup de choses mais c'est du vent. À Rotterdam, avant la guerre, il y avait des bons tatoueurs, d'excellents tatoueurs, même.

Carvalho lui demanda s'il avait entendu parler du tatouage du noyé.

– Très joli. Avant guerre, il y avait des gens bien éduqués qui se faisaient tatouer. J'ai eu un garçon, très bonne famille, attention, qui était dans la Légion et qui m'avait demandé de lui tatouer quelque chose en français.

Le vieux alla fouiller une nouvelle fois dans le buffet et revint avec un bloc-notes. Il avait recopié sur le papier quadrillé les phrases qui l'avaient le plus frappé au cours de sa carrière.

– Qu'est-ce qui est écrit ici, Pepiño ?

– *Ah ! Dieu ! Que la guerre est jolie / Avec ses chants, ses longs loisirs.*

– C'est ça. Il m'a dit que c'était d'un très bon poète.

Carvalho lui demanda l'adresse du tatoueur près du parc de la Citadelle. Le vieil homme lui dessina un plan sur un papier. Il ne se souvenait plus du numéro.

– Tu ne peux pas le rater. En plus, c'est un gars qui ne passe pas inaperçu. Il boite et il pèse plus de cent kilos.

Carvalho coupa court comme il put aux longs discours du vieux, qui n'en finissait pas de lui dire au revoir.

– Fais-moi signe un de ces jours, je te garderai une échine salée. Un de mes beaux-frères de Pacios m'en envoie. Je pourrais t'en mettre une de côté et tu nous la préparerais, Pepiño. Si je savais cuisiner aussi bien que toi…

Il prit un taxi au coin de la Plaza Real et de la

Rambla. Dix minutes plus tard, il descendait devant la porte que le vieux Touron lui avait indiquée. Au quatrième étage, une femme revêche et affairée le fit entrer dans un minuscule vestibule où Carvalho tenait à peine, coincé entre un fauteuil de plastique noir clouté et une table basse croulant sous les numéros de *Semana*. Quelques instants plus tard, un ventre interminable essayait de pénétrer dans la petite pièce. La tête du tatoueur était encore dans l'encadrement de la porte que son ventre touchait presque le nez de Pepe.

– Je viens de la part de don Evaristo.

– Très bien, pas de problème.

– Je voulais vous demander quelque chose sur votre boulot.

– Très bien, pas de problème.

Le tatoueur fit signe à Carvalho de le suivre dans un petit bureau qui rappela au détective celui de don Ramón, au-dessus du salon de coiffure. Le tatoueur s'assit derrière son bureau et lui offrit un Rossli.

– C'est doux, comme cigare. Bon pour le matin. Alors, vous voulez parler boulot. Très bien, pas de problème. Le boulot, remarquez, ne va pas fort, pas fort du tout. Depuis un bateau italien qui a fait escale ici, je n'ai rien foutu, et ça fait presque six mois. Les meilleures choses ont une fin. Les gens ne prennent plus le temps de rien. Avant, il suffisait de montrer son tatouage à une bonne femme, et c'était dans la poche. Aujourd'hui, on a intérêt à montrer autre chose en vitesse.

Il partit d'un rire rauque, entrecoupé de quintes de toux. Carvalho insista :

– Je cherche un homme avec un tatouage pas ordinaire : *Né pour révolutionner l'enfer.*

Le rire satisfait du tatoueur s'éteignit aussitôt. Il toisa Carvalho des pieds à là tête :

– Vous êtes un ami de don Evaristo ?

– Nous sommes pays.

– Galicien, hein ! s'exclama le gros Murcien sans trop d'enthousiasme.

Il regarda Carvalho et secoua la tête, en proie à un sérieux dilemme.

– Ce putain de tatouage, dit-il. La police m'a déjà interrogé dessus.

Il parlait en regardant Carvalho droit dans les yeux. Carvalho soutint son regard.

– La police ?

– Celui qui portait ce tatouage est mort. Mort salement.

– C'est vous qui l'aviez tatoué ?

– La police m'a dit de ne donner aucun renseignement à qui que ce soit sans l'avertir.

– L'avertir avant ou l'avertir après ?

– Elle n'a pas précisé.

– Alors vous pouvez aussi bien l'avertir quand vous m'aurez rencardé ?

– C'est bien moi qui l'ai tatoué.

Le tatoueur avait conscience que ses mots ouvraient une porte.

– Qui était-il ?

– On voit que vous n'êtes pas du métier. Chez nous, on ne donne pas de nom. Surtout pour un tatouage simple comme celui-là.

– Mais vous parlez bien avec vos clients en travaillant.

– Quand je travaille, je ne bois jamais et je ne parle pas.

Il éclata à nouveau d'un rire rauque, impressionnant. Il riait et puis il s'arrêtait net. Il prit soudain un air sérieux, grave, et demanda avec sollicitude :

– Quelqu'un à qui vous teniez ?

– Disons que je commence à m'attacher à lui.

– On n'a plus les joies qu'on avait avant dans ce métier, vous savez. C'est dur. Je gagne à peine de quoi vivre. Je suis obligé de faire des prix qui font fuir les clients, quand il y en a.

– Parler, parler, ça fatigue. Je vais vous donner quelque chose pour votre peine.

Carvalho sortit de son portefeuille un billet de mille pesetas. Le tatoueur tendit la main, aussi loin que son ventre le permettait, et attendit que l'atteigne le billet que Carvalho rapprochait de lui.

– Un jeune type, grand et blond. On aurait dit un étranger, mais il ne l'était pas, il avait un accent, peut-être andalou, ou murcien, mais je n'en suis pas sûr. J'ai déjà rencontré des gens de Ciudad Real qui avaient cet accent-là. Il était du Sud, la Manche, l'Estrémadure, est-ce que je sais ? Bizarre, en tout cas.

– Il vivait à Barcelone ?

– Non, il était de passage. Il m'a dit qu'il avait travaillé en Hollande, chez Philips, à La Haye. C'est tout ce que je sais.

– Ça fait combien de temps ?

– Un an et demi.

– Vous vous rappelez un détail de son visage, de son corps ? Quelque chose qu'il vous aurait dit ?

– Rien du tout. Rien. Si je vous ai raconté tout ça, c'est plus par amitié pour don Evaristo que pour les mille pesetas, vous savez. L'amitié, c'est bien, pas de problème. Pourquoi cherchez-vous à savoir qui était ce type ?

– Un pressentiment. C'était peut-être un ami à moi.

## 7

Carvalho s'assit à la terrasse du Versailles. Bromure rôdait entre les tables. Il s'arrêta devant les chaussures boueuses de Pepe et fut agréé. Le garçon déposa devant Carvalho un bitter et une soucoupe d'olives farcies. Bromure attendit que le garçon fût parti et dit tout bas :

— Sur ton mort, c'est pas que je sache grand-chose, mais ça remue salement. Hier, il y a eu une descente dans le quartier, les flics ont ramassé tout ce qui bouge, filles, souteneurs, un paquet de monde.

— Ils veulent peut-être nettoyer la rue.

— On dit que c'est à cause de la drogue. La racaille française a débarqué ces temps-ci, les macs avec leur organisation, leurs filles, tout le tremblement. C'est le genre de commerce qui n'est pas difficile à déménager, tu vois.

— Le rapport entre la descente de police et le renseignement que je t'ai demandé ?

— C'est pas impossible qu'il y en ait un.

— Dis voir.

— Je ne sais rien de précis, mais il paraît que l'histoire du noyé est en plein au milieu.

– Et on ne sait toujours pas qui c'était ?

– À ta place, j'irais voir du côté des filles. Il y en a bien une qui a dû coucher avec ce gars-là, un tatouage pareil, ça ne s'oublie pas.

– Il y en a combien à Barcelone ? Cinq mille ? Vingt mille ? Cent mille ?

– Charo pourrait t'aider.

Carvalho glissa un autre billet de cinq cents pesetas dans la poche du gilet de Bromure.

– Et toi, tu ne t'es pas fait embarquer ?

– Et toi ? Tu n'aurais pas un laissez-passer spécial, par hasard ?

Carvalho répondit en souriant « Peut-être » et se leva. Il marcha aussi vite qu'il put jusqu'au domicile de Charo. La concierge n'était pas là et il fut obligé de prendre le risque de monter voir lui-même si Charo était libre. Il avait la clef, mais il préféra sonner. Il crut percevoir un mouvement derrière le judas et la porte s'entrouvrit. Cachée derrière le battant, Charo lui dit « Entre ».

Carvalho suivit le couloir jusqu'à la salle à manger-living, Charo sur ses talons.

– J'ai du monde. C'est rien.

Elle avait du monde, en effet. Deux femmes s'affairaient dans la cuisine, préparant sans doute le déjeuner, ou le petit déjeuner. Charo lui fit signe de se taire et l'entraîna dans sa chambre.

– Ce sont deux amies à moi. Elles ont failli se faire embarquer, hier, et elles m'ont demandé de les héberger quelques jours.

– Tu es en train de te mettre dans les emmerdements. Les macs vont rappliquer, et la police derrière.

– Je ne pouvais tout de même pas les laisser à la rue.

– Pourquoi pas ?

– Ta gueule, fous le camp. Casse-toi.

– Écoute-moi, Charo, je te parle sérieusement. Ce n'est pas une descente normale. C'est un coup de pied dans la fourmilière, ce qui les intéresse, c'est la drogue. Les filles ont toutes des macs qui trafiquent plus ou moins. Tôt ou tard, elles auront besoin de travailler. Tu vas les laisser ramener leurs michés ici ?

– Et pourquoi pas ? L'appartement est grand.

– Et tes petits clients à toi, qu'est-ce qu'ils vont dire ?

– C'est mes clients qui vont dire ou c'est toi ? C'est plutôt toi, j'ai l'impression.

Quand Charo faisait sa crise de solidarité, autant discuter avec le monument à la conscience de classe. Elle portait encore son saut-de-lit. Ses cernes en prenaient à leur aise sur ses joues pâles et ses cheveux dorés à mèches platinées pendaient, tout emmêlés.

– Ça va, Pepe ?

Carvalho salua de la tête l'arrivée des deux compagnes de Charo. L'une d'elles était l'Andalouse, s'il se souvenait bien. Une fille petite et blonde comme une flamme. Il ne connaissait pas l'autre, agréable à regarder, l'air très jeune.

– On a eu peur, tu sais. On a juste entendu les coups de sifflet et ils nous sont tombés dessus comme de vrais fantômes. Comme ça. C'est pas qu'ils étaient nombreux, mais en moins d'un quart d'heure tout le quartier était bouclé.

43

Carvalho sortit sur le balcon de cet immeuble neuf, exception au cœur d'un quartier qui n'avait pas bougé depuis un siècle. De temps en temps, la brèche laissée par quelque maison en ruine depuis la guerre permettait la construction de bâtiments tels que celui-ci, carré, vitré, huit étages dominant des toits violets rongés de mousse. Si Charo l'avait écouté, si elle avait déménagé en banlieue, dans une villa quelconque, elle n'en serait pas là. Il retourna dans la pièce où les trois femmes discutaient ferme.

– Tant que vous êtes ici, vos macs se démerderont ailleurs, compris ? Ce n'est pas tellement vous que les flics cherchent, mais plutôt eux, et je ne veux pas que Charo ait des ennuis.

– T'inquiète pas, Pepe, ils se sont fait poisser.

Et l'Andalouse se mit à pleurer. Carvalho prit Charo à part.

– Il faut que je sache si tu n'as pas une copine qui aurait connu un type avec un tatouage sur le dos. Une phrase tatouée : *Né pour révolutionner l'enfer.* Un jeune, grand, blond, avec un accent un peu andalou, mais pas vraiment andalou, qui avait travaillé en Hollande, qui y travaillait peut-être encore.

– Il faudrait que tu te renseignes dans les maisons, c'est les taulières qui sauront le mieux. Si tu fous la paix à mes deux copines et que tu es gentil avec elles, je tâcherai de te trouver ça moi-même.

– Tu pourrais les laisser ici et venir chez moi en attendant que ça se tasse.

– Tu me vois en train de recevoir chez toi ?

– Arrête pendant une période, tu n'as pas besoin d'argent à ce point-là.

– Qu'est-ce que tu en sais ? Je n'ai pas du tout l'intention de bouger de chez moi.

– Je vais sûrement être obligé de faire un voyage à l'étranger. Quelques jours. Installe-toi chez moi pendant ce temps-là.

– Pas question.

Carvalho eut un geste de lassitude et partit. Mais Charo lui collait au train.

– C'est pas des gestes à faire devant moi. Qu'est-ce que tu crois ? Je suis chez moi, je fais ce qui me plaît. Qui c'est qui paye ? Tu m'as déjà donné du fric, peut-être ?

– Suffit.

Mais Charo insistait. Elle le suivit jusqu'à la porte du palier.

– Si j'étais à leur place, je serais bien contente que quelqu'un m'aide.

– Justement, tu n'es pas à leur place, mais tu ne vas pas tarder à t'y retrouver si tu continues, au même niveau.

– Mais je suis au même niveau, je suis comme elles. La seule différence, c'est que je suis à mon compte. Toi, par contre, tu es comme eux, pareil qu'eux.

– Pareil que qui ?

– Pareil que les flics.

Charo serrait les lèvres pour signifier qu'elle ne plaisantait pas. Carvalho hésitait. Allait-il lui flanquer une gifle ou lui tourner le dos ? Charo comprit ce qui se passait dans la tête de Carvalho, qui la regardait fixement. Elle recula d'un pas mais ne baissa pas les yeux.

– Tâche de te renseigner, pour le tatouage.

Carvalho commençait à descendre l'escalier quand Charo se pencha par l'embrasure de la porte.

– Reviens dormir cette nuit.

– On dormira où ? Aux chiottes ?

– Tu préfères que je vienne chez toi ?

– Laisse tomber, va. Je repasserai.

Carvalho marcha d'un bon pas jusqu'au salon de Queta, rempli de femmes, de bruits de conversations. Bouboule lavait les cheveux – blancs – d'une cliente. Elle s'arrêta et gravit avec une légèreté surprenante l'escalier qui montait à l'entresol. Carvalho regardait Queta qui secouait une bouteille de shampooing et qui le regardait aussi. Elle suivit de l'immensité de ses yeux trop grands l'indifférence et la raideur apparentes que Carvalho mettait à traverser le salon et à grimper vers l'entresol. Le détective atteignit le bureau alors que Bouboule venait tout juste d'annoncer son arrivée. Don Ramón l'attendait, un sourire empressé aux lèvres, les yeux interrogateurs. Bouboule resta un moment à côté de son patron, tel un garde du corps impuissant mais décidé. Un geste de Ramón suffit à la faire sortir. Carvalho s'était assis dans le petit fauteuil vert. Quand les pas de la fille eurent cessé de résonner dans l'escalier, Carvalho se pencha en avant et posa une main sur le bureau.

– Ça se complique, votre histoire. La descente d'hier, c'est à cause du noyé.

– Je m'en fous, de la descente. Ce que je veux savoir, c'est l'identité du gars.

– Pourquoi ?

– Ça me regarde.

– Vous saviez qu'il y avait de la drogue là-dedans ?

– Puisque je vous dis que je ne sais pas qui c'est. Peut-être que vous avez appris quelque chose ?

– Si je n'ai rien trouvé d'ici vingt-quatre heures, il faudra que j'aille en Hollande. J'ai une piste là-bas.

Le sourire préfabriqué de don Ramón fit place à une gravité soudaine.

– Et je vous enverrai ma note de frais.

– Envoyez-moi ce que vous voudrez, mais ne revenez pas les mains vides. Je ne veux pas être mêlé à ce qui se passe ici. Votre fiancée a été arrêtée ? Pas encore mais ils peuvent le faire n'importe quand. Tous les hôtels ont été bouclés. Presque tous, sauf les boîtes de luxe. Les bars aussi. Votre amie est en danger.

– Elle travaille chez elle, à son compte. Comme votre femme.

Ils se défièrent du regard. Les tavelures sur le visage du vieux paraissaient presque jaunes.

– Écoutez, Carvalho. Ils ont entrepris le grand nettoyage. Le juge chargé de l'affaire est une tête de cochon, il y a des gens importants qui sont impliqués. Des gens très importants. Vous comprenez ? Quand les gros tombent à ce jeu-là, les petits peuvent commencer à se faire des cheveux. Je vous paie pour que vous preniez certains risques à ma place, sinon je serais allé moi-même chercher le renseignement où il est. Vous allez partir et vous allez essayer de faire le moins de vagues possible.

– Pour l'instant, je me contenterai de vous envoyer ma note de frais si je dois partir en Hollande.

Le vieil homme eut un geste qui était à la fois d'accord et d'au revoir. Carvalho redescendit au salon de coiffure et s'arrêta devant Bouboule.

– Tu cours vite, dis donc, pour une grosse mémère.

Les yeux de la fille, où s'était concentré tout son cran, s'emplirent de larmes de rage. Queta, sans interrompre son travail, observait la scène. Carvalho se dit qu'il s'attaquerait à la patronne une autre fois. Il la pelota du regard en passant. Elle lui trottait encore dans la tête quand il eut regagné la rue, et il se mit à imaginer une scène érotique complexe dans laquelle Bouboule couchait avec Ramón et lui-même entraînait Queta dans une grange comme celle qu'il y avait chez lui, à Souto. La permanence de la présence d'une grange dans ses fantasmes érotiques le fit rire. Une autre image vint occuper soudain l'étrange écran panoramique qu'il avait dans le crâne. Le vieux Ramón avait l'air terrorisé, et lui, Pepe Carvalho, le cognait, lui balançait autant de coups de poing qu'il avait de tavelures sur sa sale gueule.

## 8

– Ginés ?

– Quel Ginés ? Il y en a quatre, ici.

– Le genre beau gosse.

– Il n'y en a qu'un, alors. Au quatrième. Attention où vous mettez les pieds.

L'immeuble n'était encore qu'une armature de béton et d'échafaudages métalliques. Vu de loin, il était parsemé de petites sphères orange : les casques de protection des ouvriers. Au pied de l'une des sections, Carvalho fit grimper son regard le long de la géométrie des structures et commença son ascension.

– Hé, vous !

Le contremaître courait vers lui, un casque à la main.

– Vous ne pouvez pas monter sans. Il y a beaucoup de types qui n'y connaissent rien, ici, vous risquez de prendre un mauvais coup.

Il mit le casque et eut l'impression qu'il avait reçu son laissez-passer pour l'aventure. L'escalier n'était qu'une rampe en ciment avec des marches provisoires en briques. Arrivé au quatrième, Carvalho s'arrêta pour reprendre son souffle. L'horizon semblait bouché par des constructions aussi provisoires que celle-ci, qui faisaient comme une forêt de squelettes anguleux croissant obstinément. Au fond tombait le rideau jaune des émanations industrielles et périphériques.

– Ginés !

Un casque orange se releva, découvrant la face de rat de Ginés.

– Tu as un problème ?

– J'ai à te parler.

D'un revers de manche, Ginés essuya la sueur qui coulait de ses sourcils fins et blonds.

– Ah, Pepiño, je crève de chaud ! Si seulement je pouvais gagner ma vie comme toi, à rien foutre ! Qu'est-ce qu'il y a ?

– Je me renseigne sur un type. Un noyé. Il a été retrouvé sur une plage et je dois absolument savoir qui c'est. La police n'a donné aucun signalement. Il avait un tatouage : *Né pour révolutionner l'enfer.*

– Il en a foutu, une sacrée merde, ton noyé. La police a remué le quartier de fond en comble. Même mon frère, il a failli se faire paumer. C'était moins une.

– Tu sais quelque chose ?

– Rien, personne ne sait rien. En tout cas, ça sent la drogue, surtout que les Français se sont ramenés avec leurs putes de chez eux, du Cameroun, même. À part ça, j'en sais pas plus.

– Tu sais son nom, au noyé ?

– Non, et j'ai pas l'impression que je vais le savoir. J'ai l'intention de me tenir peinard pendant quinze jours, d'emmener les enfants au manège et d'aider ma femme à faire ses pelotes pour le pull qu'elle me tricote pour cet hiver. Sur ces dix dernières années, j'en ai tiré sept en taule, alors tu m'as compris.

Carvalho l'avait connu au cours d'un séjour à la prison d'Aridel. Ginés purgeait une peine écopée pour avoir cassé le bras d'un veilleur de nuit d'un coup de chaise.

– Tu crois que Felix saurait quelque chose ?

– Le premier, il a ramassé ses cent cinquante kilos et il est rentré dans son trou.

– Et le Valencien ?

– Tout le temps dans le cirage. Chez lui, il a ses pots de fleurs où il fait pousser son kif, sa femme qui lui rapporte le pognon, alors tu penses qu'il bouge pas le petit doigt. Tu devrais aller voir ailleurs, Pepe. Moi, j'ai perdu le contact avec tout le monde, et cette combine sent sérieusement le roussi. Quand les flics se mettent à fermer les hôtels du jour au lendemain, c'est pas pour rien, et il y en a pour un moment.

– Descends prendre un verre, je t'invite. Tu as le droit de descendre ?

– Si j'ai une bonne raison.

– Et quelle raison tu as ?

– Boire un coup avec toi.

Ginés descendit en sifflant *L'amour n'est pas à vendre* et arriva en bas avec deux étages d'avance sur Carvalho.

– Et la politique, ça marche ? C'est pour quand, le débarquement de Khrouchtchev en Vespa ?

— Khrouchtchev, il n'est pas près de débarquer, ni en Vespa, ni autrement. Il est mort. Et puis, moi, tu sais, la politique…

— Moi qui dis à tout le monde que j'ai un copain qui va être ministre…

Ils croisèrent le contremaître.

— Ce monsieur a soif, je l'accompagne, hein ?

— Et si le patron arrive, qu'est-ce que je lui dis ?

— Ce que tu voudras.

Le contremaître s'était déjà éloigné en grommelant. Ginés riait en douce.

— Tu l'as vu, ce pisse-vinaigre ? Va te faire voir, hé, pisse-vinaigre ! Ça lui donne des aigreurs d'estomac, tu sais.

— Pas à toi ?

— Si, mais je les soigne au pinard.

— Ils te foutent la paix, ici ?

— Ils me respectent. Je suis le meilleur. Ils savent qu'il faut pas me mettre en colère.

Carvalho connaissait les quotas éthyliques qui s'appliquaient à Ginés. Au quatrième verre, il parlait de sa mère. Au sixième, de son frère, son héros, qu'il suivait dans ses virées. Au dixième, il déballait tout ce que Carvalho voulait. Le bar était plein de tables en plastique avec des brûlures de cigarettes et de calendriers avec des grosses filles en bikini et la couche de crasse qui recouvrait le sol résistait même aux coups que Carvalho, impatienté, y donnait avec le bout de sa chaussure.

— Ginés, imagine qu'il te tombe mille pesetas. Tu ne pourrais pas me trouver un tuyau sur le noyé pour ce soir ?

– Pour toi oui, Pepiño. Mais c'est pas le bon moment, je t'assure. Ma mère est pas bien solide. Je veux pas qu'elle apprenne que je me suis fait coffrer encore une fois. Vois avec Bromure. Si lui ne sait rien...

– Tu crois ?

– Sûr et certain. S'il ne t'a rien dit, c'est qu'il ne sait rien. Si ça se trouve, la police non plus ne sait rien.

– Le noyé n'avait pas eu les doigts bouffés. Les flics doivent avoir les empreintes.

– Exact, mais ils font gaffe, le nom n'a pas filtré. Tu bois rien, saleté de Galicien. Tu me tires les vers du nez, et tu bois rien. Saleté de Galicien.

Ginés penchait sa tête de rat sur le côté et regardait Carvalho d'un air faussement provocateur. Le détective ne prêtait pas attention aux bravades du blond et réfléchissait.

– Elle te travaille, cette histoire. Tu connaissais le type ?

– Non, mais je m'y intéresse.

– Arrête de faire ton cinéma, tu veux ? Tu joues bien, mais ça ne prend pas avec moi. Tu n'as même pas bu deux verres, à côté des quinze que je me suis enfilés.

– Tu dois retourner au boulot, après ?

– Ils se passeront de moi, j'ai comme un malaise. L'immeuble se fera quand même. Je t'emmène prendre l'apéro rue Escudillers.

– Impossible. J'ai à faire.

– Alors tire-toi. Je reste. Je regrette, mais je peux pas faire ça à ma mère, on lui en a assez fait voir.

Il pleurait presque.

– C'est mon frère qui a fait la dernière connerie. On l'a trouvé au lit avec la femme de son patron et ils ont voulu lui casser la gueule, le patron et ses fils, ils lui ont tapé dessus à coups de marteau, il s'est pas laissé faire. Tu sais comment on est, on n'est pas gros mais on les a bien accrochées. Il a pris six mois. La loi sur les vagabonds, vlan, six mois. Et encore, il s'en est pas mal tiré. Ma mère était dans tous ses états, tu ne peux pas savoir.

– Et ta femme, comme elle va ?

– On l'a mise en cloque.

– Qui ?

– Moi, si ça se trouve. En tout cas, elle a un de ces bides !

Ginés montrait avec ses deux mains l'ampleur du ventre de sa femme et riait aux éclats. Carvalho revoyait l'ombre d'une petite Andalouse, délicate, son ossature fine, ses grands yeux, de l'autre côté de la double grille du parloir. Ginés se penchait vers lui et lui disait : « C'est ma femme. Elle a pas l'air, comme ça, mais elle est bonne. Quand je sortirai, je la prendrai en main et en deux jours elle sera à point, je prendrai mon pied, mon vieux. »

Dix ans avaient passé. Ginés n'avait pas changé. Il était bien le seul.

# 9

Il alla manger des *tapas* en guise de dîner dans un bistrot de la Plaza Real et rentra chez Charo, l'estomac alourdi par les deux litres de bière et la friture pâteuse, huileuse, qu'il avait avalés. Il ouvrit la porte avec sa clef et tomba sur ce qu'il redoutait. L'une des deux protégées de Charo pleurait sur la banquette du salon tandis qu'un jeune type livide, mince et nerveux, faisait les cent pas autour d'elle. Charo essayait de consoler la fille qui pleurait. L'Andalouse était dans la cuisine.

– Qu'est-ce que tu fais ici, toi ?

– C'est son fiancé.

Charo s'interposait. De la main, Carvalho montrait la sortie au garçon. Les traits du jeune homme livide se détendirent en un sourire de bagarre annoncée. Carvalho regarda ses mains : plutôt grandes, couvertes de bagues m'as-tu-vu.

– Remballe ta quincaillerie et dégage.

– Je vais te la foutre dans la gueule, ma quincaillerie.

Carvalho fit celui qui n'entend pas, puis il se retourna brusquement et frappa l'autre au cou, du tranchant de la main. Le garçon recula d'un pas en se tenant la gorge et Carvalho en profita pour lui écraser la bouche d'un direct du droit puis du gauche. Ni les cris de la fiancée ni le rugissement de Charo ne l'arrêtèrent. Il se rua sur le corps recroquevillé, l'agrippa par les cheveux et le balança contre le mur. Le garçon se retrouva assis par terre. Les mains de Carvalho se glissèrent dans ses poches, autour de sa taille, sous ses aisselles, dans ses bottes. Elles sortirent de quelque part un couteau à cran d'arrêt. Carvalho se releva, recula jusqu'au milieu de la pièce, tenant du regard les trois femmes en respect. Charo était paralysée par l'indignation et la peur. L'Andalouse préparait sûrement son sermon et la fiancée serrait contre son cœur son homme sanglant et déchu.

– Je vous avais dit que je ne voulais pas voir vos macs ici.

– Je croyais qu'il s'était fait ramasser !

Furieuse, la fille gémissait, pleurnichait, à genoux près de la victime. Charo, comme un disque rayé, n'arrêtait pas de dire : « Viens avec moi dans la chambre, j'ai deux mots à te dire. » Carvalho la bouscula pour l'écarter de son chemin.

– Ce n'est pas un jeu, vous savez, la police ne rigole pas. Ça dégringole de tous les côtés et vous restez là, à jouer au papa et à la maman.

Carvalho fit sortir Charo de la pièce. Dans la cuisine, il ne lui laissa pas le temps de vider son sac. Il lui fit un tableau cru de ce qui se passait dans la rue. Elle commençait à avoir plus peur de ce qui risquait de lui arriver si elle était mêlée à l'affaire que de Carvalho. De toute façon, insistait-elle, ce n'était pas une raison pour traiter ce garçon comme ça. Pepe répéta :

– Je ne supporte pas les maquereaux.

– Ce n'est pas le mauvais gars, tu sais. Il l'aime pour de vrai, elle aurait mal tourné sans lui.

– Pourtant, il faudra bien qu'ils comprennent, lui et les autres. Tu as appris quelque chose sur ce que je t'ai demandé ?

Charo n'avait pu parler qu'à cinq gérantes d'hôtels de passe. Celle de la rue San Fernando croyait se souvenir d'un type qui avait un tatouage bizarre, mais elle n'en était pas sûre.

– Il n'y a pas d'hôtel rue San Fernando.

– Au coin de la petite rue, je ne me rappelle jamais le nom.

– Elle habite là ?

– Non, elle vit avec son fils dans un appartement de la Ronda. Près du marché San Antonio. Elle m'a dit qu'un homme qui ressemblait à la description que tu m'as faite est venu à l'hôtel, il y a pas mal de temps, plusieurs fois, toujours avec la même. Une fille qu'on appelle la Pommade, ou la Française. Elle n'est pas plus française que moi, et elle trimbale toujours des espèces de pommades pour vendre à ses clients, elle se fait son petit bénéfice avec ça. La Française lui a raconté que c'était un type pas ordinaire et qu'il avait un tatouage pas ordinaire. Il n'a pas dû circuler beaucoup par ici. Personne ne se souvient de lui.

– On peut la trouver où, la Pommade ?

Charo sortit et revint quelques instants plus tard.

– Elles disent que tu n'as qu'à demander au bar qui fait presque le coin avec la rue San Fernando. C'est un des seuls qu'ils n'ont pas bouclés, mais il n'y a plus une seule fille.

– Bien. De toute façon, je dois m'en aller. Je serai de retour dans quelques jours.

Charo arrêta Carvalho avant qu'il sorte de la cuisine et l'embrassa sur la bouche. Elle lui dit à l'oreille de laisser les autres tranquilles. Ils n'étaient pas méchants. Carvalho l'écarta doucement et retourna dans la salle de séjour. Le garçon avait le visage dans un sale état et les deux filles essayaient de le soigner avec des linges mouillés.

– Dès qu'il a récupéré, dehors. Et vous autres, pareil si vous n'êtes pas raisonnables. Je vous ai déjà dit que je ne voulais pas que Charo soit mêlée à tout ça.

Carvalho parlait d'un ton presque aimable et l'Andalouse crut le moment venu de lâcher son sermon.

– D'accord, Pepe, mais il y a manière et manière de dire les choses. Ce n'était pas difficile d'entrer poliment et de nous dire ce sera comme ci et pas comme ça sans en venir aux mains. On traverse tous une mauvaise passe, on doit s'entraider, Pepe, par humanité, par humanité, par simple humanité.

– De l'humanité tant que tu voudras. Mais dès que l'autre sera sur pied, qu'il prenne la porte.

– On se reverra ! cria le garçon, mû par la colère, mais d'une voix encore faible.

– Pour ce qu'il reste à voir ! répondit Carvalho en sortant.

Charo l'attendait à la porte. Ils ne dirent pas

un mot dans l'ascenseur, non plus en bas, dans la rue. Carvalho semblait replié en lui-même. Charo se suspendit à son bras quand ils arrivèrent au milieu des Ramblas.

– Tu vas où, toi ?

– Tu veux que j'aille chez toi ? Tu pars pour longtemps ?

Carvalho haussa les épaules. Ils marchèrent jusqu'à la porte du bar que les filles leur avaient indiqué.

– C'est moi qui parle. Toi, tu te tais, la prévint-il.

Le coup de filet de la police avait eu pour effet d'améliorer l'éclairage dans les bars. Comme par enchantement, les ampoules rouges et vertes avaient disparu et de nouvelles ampoules de cent watts créaient partout une ambiance de vitrine. Dans cette lumière blanche et crue, tout paraissait différent. Carvalho et Charo prirent place sur les hauts tabourets tournants du comptoir. Le barman n'était pas causant et Pepe en fut pour ses frais. Il ne savait pas pourquoi il y avait eu une descente. Il ne savait pas qu'il y avait eu une descente, il ne savait rien. En désespoir de cause, Carvalho se tourna vers Charo. Elle ferma les yeux, approcha son visage de celui du barman et lui dit :

– Écoute, j'ai une copine, je ne sais pas si elle s'est fait poisser ou non, je m'inquiète. La Pommade, tu vois qui c'est ?

Le barman sentit en Charo la chair et la voix de sa tribu. Jusqu'alors, elle n'avait été pour lui qu'un appendice de Pepe Carvalho. Le barman connaissait son métier. Presque sans tourner la tête, il s'assura que nul ne pouvait entendre ses confidences.

– La Pommade a quitté le quartier depuis six mois. Elle est route de Sarrià, maintenant. Ils ont raflé du monde là-bas aussi, mais moins qu'ici.

Carvalho lui laissa vingt-cinq pesetas de pourboire. Le barman le remercia d'un clin d'œil. Sur le trottoir, Charo, fière de soi, lui redonna le bras et tira la morale des événements qu'ils avaient vécus ensemble cet après-midi-là :

– Tu vois ? Il suffit d'être un peu aimable pour arriver à avoir ce qu'on veut.

Carvalho avait envie de rire. Charo s'en aperçut et se faufila par la fissure ouverte dans ce bloc monolithique.

– Tu peux rire, va, ça ne te coûtera pas plus cher.

Carvalho ne l'écoutait plus. Dans sa tête, il résumait la situation. Il avait une piste en Hollande, un travail précis à faire, dans un endroit précis. Une autre piste le conduisait à une fille de joie qui avait mis en lieu sûr ses onguents et ses oreillers profonds en attendant que l'orage passe.

– Charo, je vais partir en Hollande. Pendant ce temps, essaie de retrouver la Pommade. Tranquillement, sans te presser et sans prendre de risque.

Charo posait des petits baisers sur son épaule. Sur sa veste. Carvalho remarqua que les baisers traversaient cette carapace et déchaînaient sur sa peau un véritable ouragan.

# 10

L'avion fît escale à Nice. Carvalho aimait le spectacle des collines de la Côte d'Azur : des kilomètres de collines, de villas enfouies dans une végétation en ordre. Il comparait la spéculation organisée qui avait produit ces petits paradis à la folie spéculatrice des côtes espagnoles. Dans son cerveau, la vieille logique d'antan se remit en mouvement, cette logique qui savait démêler les causes et les effets du bien et du mal. Quand elle se faisait trop exigeante, un signal d'alarme sonnait dans son cerveau et il se dépêchait de couper court à sa méditation. Il détestait perdre son temps à analyser le monde dans lequel il vivait. Il avait décidé depuis longtemps que sa vie ne serait qu'un passage, de l'enfance à la vieillesse, son destin à lui, qu'il ne pouvait partager avec personne, que personne ne vivrait à sa place, pas mieux, pas pire qu'autre chose. Il n'en avait rien à branler, des autres. La seule émotion abstraite qu'il se permettait encore, c'était celle que lui procurait un paysage. Quant aux autres émotions, c'était son épiderme qui les lui transmettait.

À Nice, dix passagers montèrent, et les hôtesses en bleu de la compagnie néerlandaise leur attribuèrent les sièges vides. Carvalho eut droit à une mamie en inévitable chapeau fleuri, solide, avec un teint clair comme en ont les femmes qui vieillissent bien et prennent soin de leur corps. Elle avait envie de causer. Carvalho se retrouva donc en train de chercher les raisons qui faisaient baisser dangereusement le taux de salinité de la Méditerranée. Les allées et venues des hôtesses lui indiquèrent que le voyage entrait dans son dernier tiers. Il se rendit dans les toilettes, vérifia ses papiers. Il s'assura qu'il avait sur lui sa licence espagnole de détective privé et la carte périmée que lui avait prorogée, huit ans plus tôt, la police de San Francisco. Il vérifia son Star, le revolver qu'il portait sous l'aisselle. De la poche de sa veste, il sortit deux couteaux à cran d'arrêt. L'un d'eux appartenait au gars qu'il avait rossé chez Charo. Il le jeta dans le trou des cabinets. L'autre lui appartenait. C'était un couteau mexicain, une merveille, qu'il portait toujours sur lui depuis ses aventures en Basse-Californie.

Il remonta la jambe de son pantalon et glissa son couteau dans un étui fixé à l'intérieur de la tige de sa botte. Il retourna à sa place. Sa voisine somnolait. Carvalho profita de cette trêve verbale pour réfléchir aux faits qui l'avaient conduit à entreprendre ce voyage. Au fin fond de son imagination réapparaissait de temps à autre le corps sans visage de l'homme « grand, blond comme la bière est blonde ». Sans le vouloir, il meublait ce trou, avec le visage de Jean-Pierre Aumont ou celui de Tab Hunter. Un Yves Montand blond aux traits moins accusés, peut-être. La chanson de Bromure lui revint soudain en mémoire, confusément :

> *Il est venu sur un navire*
> *Qui avait un nom d'ailleurs.*
> *Je l'ai rencontré sur le port,*
> *La nuit était noire.*
> *Et dans sa voix amère et lasse,*
> *Il y avait comme la douleur*
> *D'un satané accordéon...*

Enfin, à peu près. Puis la chanson disait :

> *Il était grand,*
> *Blond comme la bière est blonde,*
> *Et sur la poitrine il avait*
> *Un cœur tatoué.*

La femme de la chanson aimait pour toujours le bel étranger. Le marin avait passé une nuit avec elle, une seule nuit. Son tatoué à lui avait-il une femme qui l'avait aimé ? Il y avait du mystère dans sa vie, assez pour qu'une femme se colle à lui comme un moineau dans la glu.

Rien de tel qu'un peu de mystère pour s'attacher une bonne femme, se dit Carvalho, presque à haute voix. Et cette femme pouvait bien être la Pommade. Il avait déjà appris quelque chose, que l'homme avait fréquenté la même prostituée pendant une certaine période. Sans doute, en un lieu que Carvalho ignorait, une femme, l'héroïne de la chanson, aurait pu lui révéler tous les mystères ou presque de l'homme « blond comme la bière est blonde ». Le texte du tatouage aussi était étrange. Passe pour un légionnaire de l'entre-deux-guerres, ivre de haine et de littérature, qui part à l'aventure avec pour seul bagage un fusil et quelques vers d'Apollinaire. Impossible en ce dernier tiers du siècle. Les gens savent maintenant qu'ils ne peuvent pas aller au-delà de ce dont ils sont capables. On n'invente pas sa vie comme un roman.

*Depuis dans tous les ports je cherche*
*Et à chaque marin je demande*
*Si, des fois, il connaîtrait pas son sort.*
*J'lui s'rai fidèle jusqu'à la mort...*

Un frôlement de l'hôtesse le ramena à la réalité. Elle lui désignait sa ceinture, souriant d'un sourire plein de chair saine et rouge. Elle avait des cheveux châtains, presque roux, le genre de cheveux qu'on ne voit pas en Espagne, et Carvalho la suivit du regard pendant qu'elle faisait sa ronde, traquant les ceintures détachées, les cigarettes allumées et les dossiers baissés. Très excitante. Il sentait monter en lui la fièvre érotique de l'étranger qui se représente les villes sous les traits d'une femme. Un voyage devrait toujours aboutir à une femme surprenante, à une fin heureuse – terminus, le plaisir. Pourquoi pas l'hôtesse ? Carvalho essaya d'accrocher son regard au passage, mais son œil professionnel examinait les passagers avec une attention niveleuse et glissa sur le visage de Carvalho comme sur un objet inventorié et mis en rayon.

Il se désintéressa de sa pulsion érotique et tendit le cou pour apercevoir, au-delà de la vieille femme française qui lui bouchait la vue, le vert rectiligne de la Hollande qui grandissait au fur et à mesure que l'avion perdait de l'altitude. Sa voisine tenta de renouer la conversation sur un thème hollandais. Carvalho l'assura qu'il connaissait Amsterdam, Rotterdam et Leyde. Elle allait à Rotterdam chez sa fille, qui était mariée à l'entraîneur de l'équipe olympique néerlandaise de fleuret. Carvalho se rendait-il à Rotterdam ?

– Non. Je vais à Amsterdam.

Bien que sa destination finale fût La Haye, Carvalho avait décidé de commencer par voir s'il ne trouverait pas quelque chose à Amsterdam. D'abord parce que les distances ne comptent pas, en Hollande, surtout entre Amsterdam et La Haye ou Rotterdam. Ensuite parce qu'il avait gardé un bon souvenir d'Amsterdam et qu'il pressentait que l'homme « grand et blond comme la bière est blonde » ne devait pas être l'ouvrier espagnol type de chez Philips. Ses pas l'avaient sans doute conduit jusqu'à Amsterdam la Belle, dans la nuit du quartier des lanternes rouges.

L'avion atterrit à l'aéroport de Schiphol, situé entre Amsterdam et Rotterdam. Carvalho était en terrain connu, il ne perdit pas de temps et se dirigea droit jusqu'à la gare routière. Le bus se remplit de travailleurs négroïdes, moustachus et bruyants qui rentraient de leurs vacances au pays. Turcs,

Grecs, Italiens, Espagnols, Portugais, le catalogue de l'Europe dure et pauvre. Entre chien et loup, il eut le temps de retrouver la géométrie verte et aqueuse de la campagne hollandaise le long du trajet entre Schiphol et Amsterdam. Les Turcs, fuyant l'Europe de la sécheresse, avaient perdu leur joie de vivre naturelle et se faisaient lentement à la convention de silence qu'imposait cette partie de l'Europe tracée au cordeau.

## 11

Le vénérable hôtel Schiller était pour Carvalho un des charmes d'Amsterdam. De la fenêtre de sa chambre, un peu décrépite, il avait vue sur la Rembrandtplein, s'enorgueillissant en son centre d'un Rembrandt poids lourd, posant immobile pour la postérité avec une sérénité dont il n'avait jamais joui durant sa vie. Carvalho se dit que les Hollandais transformeraient volontiers, s'ils le pouvaient, la peinture torturée de Rembrandt en pastels du XVIIIe siècle français. Par-dessus les toits surgissait la silhouette dorée de l'ange à la trompette juché en haut de l'horloge d'une place voisine. Il décida de remettre au lendemain son voyage à La Haye. La nuit tombait à une vitesse nordique et il voulait profiter du crépuscule pour retrouver ses anciens itinéraires le long des canaux, vers le quartier des lanternes rouges, la gare centrale, le port. Il avait envie de dîner dans un restaurant indonésien et n'avait pas oublié qu'à Amsterdam deux restaurants indonésien et balinais valaient le détour. Le premier était à deux pas de son hôtel, et son *rijsttafel* était incomparable.

Mais d'abord, rien au monde ne pourrait l'empêcher d'avaler deux petits verres de genièvre suivis chacun d'une chope de bière dans la première taverne qu'il rencontrerait. Ces tavernes – pubs anglais et « cafés bruns » hollandais – fidélisaient le client grâce à une mise en scène employant largement le bois, les tables polies par l'âge, cela dans un espace conçu pour le confort de longues conversations qui laissaient à la bière le temps de s'adapter à la géographie de chaque estomac. Carvalho se dit une fois encore que ce sont les petits détails qui donnent leur sens aux choses. Boire un genièvre suivi d'une bière, deux fois de suite – cette idée lui trottait dans la tête depuis qu'il avait décidé ce voyage en Hollande. Un excellent genièvre, moins raffiné, moins fort que le gin anglais – produit de la distillation de céréales et de baies de genièvre qu'il faut exiger des garçons qui le trouvent trop fruste pour les palais novices et servent plutôt du gin. À chaque alcool son terroir. Carvalho se rappelait l'infâme xérès californien qu'il avait ingurgité naguère, faute de vrai, ou le bourgogne californien, ou même ces vins blancs de Californie qui n'avaient pas plus à voir avec les vins blancs de Galice que le céleri avec l'asperge.

Tout corps capable d'absorber deux genièvres et deux bières à la suite peut raisonnablement en absorber quatre. Carvalho en tenta l'expérience sur lui-même, avec une abnégation toute scientifique, puis il sortit dans la rue, disposé à trouver que le monde – au moins son périmètre hollandais – était bien fait. Les canaux étaient noirs, maintenant, mais dans ses veines son sang charriait de la lumière. Il déambula dans les rues, surprit les premières ombres qui enchâssaient l'eau et les frondaisons dans la nuit. Des cyclistes lents passaient, à vitesse feutrée, des voitures rapides mettaient à l'épreuve l'instinct de conservation des piétons.

Il faisait plus froid et il décida de retourner à son hôtel pour enfiler quelque chose. Le réceptionniste lui donna sa clef et le pria d'attendre quelques instants. Du fond du hall venait vers lui une gigantesque gabardine grise surmontée d'un petit chapeau tyrolien vert à plume grise. Le pur Aryen se présenta rapidement, plaque de police à l'appui. Il parlait anglais et demanda à Carvalho s'il voulait bien lui accorder quelques minutes d'entretien. Le policier emmena Carvalho s'asseoir dans le coin d'où il venait. Dans sa main apparut une petite boîte en bois dans laquelle étaient alignés de minuscules cigares, pas plus gros que des cure-dents. Carvalho en prit un.

– Nous ne vous avons pas oublié.

– Depuis le temps…

– Pas tant que ça. Vous avez passé deux ans chez nous. Agent de sécurité.

– Ma mission était politique.

– Je sais. Mon collègue Rinus Kayser se souvient très bien de vous et vous envoie ses souhaits de bienvenue. Il est retenu, sinon, il serait venu. Vous resterez longtemps en Hollande ?

– Trois, quatre jours, pas plus.

– La raison ?

– Sentimentale.

– Une femme ?

– Amsterdam. J'adore cette ville.

– Vraiment ? Alors, vous ne travaillez pas ? Nous aurions pu vous aider.

– Je travaille très peu. Privé, comme vous dites. Je suis retourné en Espagne, je me contente de suivre les femmes infidèles.

– Pas les maris infidèles ?

– Dans mon pays, c'est l'homme qui a l'argent, il n'y a que lui qui peut se permettre de se payer ce genre d'enquête.

– Et c'est une enquête qui vous amène en Hollande ?

– Les motels existent aussi en Espagne, vous savez. Les gens n'ont pas besoin de venir jusqu'en Hollande pour se faire cocus.

– Très bien. De toute façon, vous savez où nous trouver. Nous regretterions beaucoup que vous ne nous fassiez pas confiance.

Carvalho prit congé du policier avec une amabilité toute celtique. Il passa même avec lui la porte à tambour et ne le quitta que sur le trottoir. Il monta ensuite dans sa chambre en se remémorant la scène. Il n'aurait pas cru qu'ils iraient si vite. De toute façon, il savait où les trouver. En Hollande, on ne voit jamais de policiers dans les rues, mais il y a autant de bureaux de police que, l'hiver, de marchands de marrons en Espagne. Il se dit qu'ils allaient peut-être le surveiller pendant son séjour. C'était peu probable, sauf si son arrivée avait été précédée d'un rapport de la police espagnole, dans l'hypothèse où celle-ci savait ce qu'il était en train de faire et avait établi un lien avec un possible trafic de drogue. Il s'agissait plus sûrement d'un simple avertissement par la bande : nous savons que vous êtes ici et que vous n'avez plus votre carte d'agent de sécurité du gouvernement américain. Fort bien. Il se le tenait pour dit et préférait croire que les choses en resteraient là.

La réalité du restaurant indonésien vint au premier plan de ses réflexions. À chaque pas qu'il faisait pour s'en rapprocher, son appétit augmentait. Qui s'accrut encore pendant le court trajet qu'il fit dans l'ascenseur conduisant à l'étage où était la salle. Devant la carte déployée, il se dit qu'il ne pouvait choisir autre chose que le grand *rijst-tafel*, le plus cher. Partout ailleurs, il eût considéré comme une hérésie de ne pas prendre de vin pour l'accompagner. Mais ici, en Hollande, c'en était une au contraire de ne pas choisir de la bière bien glacée. La cérémonie d'allumage des petites bougies sous les soucoupes qui composaient le *rijst-tafel* réveilla en lui cette sorte de dépression qui l'envahissait chaque fois qu'il s'apprêtait à manger seul. Pour y échapper, il avait compris qu'il lui fallait manger bien, et beaucoup. Très vite, le ventre entre en guerre avec le cerveau et, comme toujours dans ce genre de conflit, l'intelligence pratique l'emporte sur l'intelligence théorique. La langue agit comme intermédiaire entre l'esprit et la chair et ménage l'alliance entre les deux parties avec un talent d'entremetteuse diplômée. L'arachide servait de fond à la plupart des sauces, soit comme ingrédient de base, soit en complément. La gamme variée des ragoûts et des mets frits baignant dans la sauce s'harmonisait avec la paix blanche et neutre des longs grains de riz indien. Lorsque la langue commençait à s'irriter de tant d'épices, de la consistance pâteuse des sauces, un demi-verre de bière glacée la lavait, la laissait comme neuve, prête à poursuivre sa magique exploration.

# 12

Nombre de maisons du quartier juif ne sont plus que de simples décors qui gardent à la ville son rythme aux yeux du visiteur. Mais au-dedans il n'y a rien, souvent elles sont en ruine, des étais soutenant la façade jusqu'à la fin du spectacle. Pas celle-ci. Un bel édifice avec des plaques d'orfèvres à l'entrée, une odeur d'argent, des bureaux commodes. Il arriva devant une porte entourée d'un néon allumé. Au milieu de la porte, une plaque : *Cooplan, import-export*. Les yeux fixés sur la porte, il tendit le bras pour atteindre un pot de céramique de Delft. Il souleva le pot du bout des doigts, juste assez pour saisir ce qu'il cherchait. Une clef.

Il mit la clef dans la serrure sans hésiter. Devant lui, un couloir vert clair s'ouvrit, très éclairé. Du fond, un homme élégant, pareil à un mannequin droit sorti d'une vitrine des Champs-Élysées, s'avançait vers lui après avoir refermé une porte en verre. Au fur et à mesure qu'il se rapprochait, ses traits aussi se mettaient à ressembler à ceux, figés et nets, d'un mannequin. Ses pas réguliers malgré la surprise qu'il éprouvait s'arrêtèrent à deux mètres de Pepe. On aurait dit que les cheveux blancs de l'étrange personnage avaient été fabriqués exprès pour encadrer son visage jeune, bronzé.

– Pas possible !

Son regard s'abaissa jusqu'à la main de Carvalho qui tenait encore la clef.

– Tu avais gardé la clef ?

– Non, c'est celle qui était sous le pot.

L'homme élégant leva un sourcil, un seul, avec la précision d'un acteur qui sait quand il doit faire son effet. D'un coup de talon, il fit demi-tour et repartit vers la porte de verre.

– Suis-moi.

Carvalho n'obéit pas. Il se mit en mouvement lentement, ouvrit les portes d'impeccables bureaux remis en ordre pour une nouvelle journée de travail. Il entra dans une pièce remplie de classeurs. Les tiroirs étaient fermés.

– Tu perds ton temps.

Le mannequin se tenait devant la porte. Était-ce de l'ironie que Carvalho lisait sur son visage ?

– J'en ai de reste.

– Qu'est-ce que tu cherches ?

– Un renseignement.

– Tu ne fais plus partie de la maison. Je ne vois pas pourquoi je te le donnerais.

Comme toujours, Max Blodell parlait à Carvalho dans un curieux mélange d'anglais de Harvard et d'espagnol de Colombie, les deux endroits où Blodell avait été obligé d'apprendre une langue.

– Pire que ça. Fiche le camp, Pepe, tu n'as pas la cote ici. Tout le monde ne peut pas se permettre de partir en claquant la porte. Qu'est-ce que tu fais ?

Blodell s'avança vers Carvalho. Un pistolet à la main, Pepe visait le cadenas d'un classeur. Blodell tendit le bras pour prendre le pistolet de Carvalho, mais il n'alla pas au bout de son geste et voulut glisser sa main sous son aisselle. Carvalho le prit de vitesse. Il lui enfonça le canon de son pistolet dans le ventre.

– Tu es toujours aussi hystérique. Cor est ici ?

– Non. Il travaille en Indonésie.

– Tu as pu te séparer de ton chéri ?

– Il y a longtemps que c'est fini.

– Vous n'avez pas réussi à créer votre branche homosexuelle dans la CIA ?

Max recula de quelques pas. Il semblait mal à l'aise.

– Va-t'en, Pepe, et j'oublierai ce que tu viens de dire.

– Je ne resterai pas longtemps. Mais j'ai besoin de savoir deux, trois petites choses.

– Je ne peux rien faire pour toi.

– Un prêté pour un rendu.

– C'est-à-dire ?

– Je continue comme j'ai toujours fait et je ne raconte pas à la Centrale qu'entre toi et Cor, c'était l'amour toujours.

– Tu sais, la vie privée…

– À d'autres. Tout le monde sait comment la Centrale se sert des homosexuels qu'elle découvre dans ses rangs.

– Tu es toujours aussi dégueulasse.

– Je n'ai pas besoin de grand-chose et personne ne saura où je l'ai eu. J'enquête sur des gens sans importance. Tu t'occupes encore du service des immigrés latins ?

– Oui.

– Bon. Je recherche un Espagnol qui a travaillé chez Philips, à La Haye. Tout ce que je sais sur lui, c'est qu'il avait *Né pour révolutionner l'enfer* tatoué dans le dos.

– On dirait un vers de Milton.

Max lui fit signe de le suivre. Ils pénétrèrent dans le bureau voisin. Il chercha dans le fichier marqué « Signes particuliers ».

– Tu ne trouveras pas ton tatouage là-dedans.

Pepe passa en revue quelques visages, mécaniquement, sans but précis, pour se rendre compte enfin qu'il refaisait les gestes d'autrefois, quand, avec Max et Cor, il dirigeait le bureau de la CIA à Amsterdam.

– Je regrette. Je ne peux pas t'aider.

– Si, tu peux. Tu ne sais rien, mais il y a d'autres gens. Un ancien camarade à lui qui aurait vu son tatouage.

– Ne compte pas sur mes informateurs. S'ils avaient vu le tatouage, ils me l'auraient dit.

– D'accord. Mais il n'y a pas que tes informateurs qui savent des choses. Trouve-moi un leader, un ouvrier espagnol, un de ces types qui ont une autorité naturelle, qui savent tout, que les autres respectent et viennent consulter sur n'importe quoi.

– Un communiste ?

– Pas nécessairement. Il vaudrait mieux pas. Ils

se méfient et je n'ai que très peu de temps pour arriver à savoir ce que je veux savoir. Un leader-né et plutôt apolitique.

– De chez Philips, à La Haye ?

– C'est ça.

Il le fit passer dans une autre pièce. D'un classeur semblable aux précédents, il sortit une fiche.

– Celui-ci devrait faire l'affaire.

Carvalho nota le nom, l'âge, le lieu de naissance de cet homme maigre, d'une quarantaine d'années, aux lèvres minces, au menton carré et au front rendu plus haut encore par deux pointes dégarnies. Max lui dessina un plan des installations de l'usine et des différentes sorties des ouvriers.

– Il sort par là. Il y a toujours le même type avec lui. Je crois qu'ils sont du même coin. À midi deux, tu ne peux pas les rater. Ils vont manger.

– Tu l'as suivi ?

– Quelquefois.

– C'est un rouge ?

– Non. Mais il collabore avec les rouges quand il pense qu'une revendication n'est pas politique. Et les rouges recherchent sa collaboration parce qu'il a beaucoup d'influence.

– Il est méfiant ?

– Très.

– Et à part lui ?

– Je ne vois personne.

– Et les putes ?

– C'est devenu impossible. Elles sont nombreuses et toutes ne sont pas recensées par la police officielle. Il y a beaucoup de polices privées parallèles qui les protègent et les cachent. Avant, on pouvait compter sur les Allemandes et les Italiennes, mais maintenant, avec toutes ces Turques, ces Grecques…, ces Espagnoles…

Il ricana. Carvalho mit ses notes dans sa poche et se dirigea vers la sortie.

– Remets la clef où tu l'as prise. Ou plutôt, non. Donne-la-moi.

– Je la remettrai où je l'ai prise.

– J'espère que c'est la dernière fois qu'on se voit.

– Qui sait ?

– Moi.

Carvalho se retourna en essayant d'embrasser les locaux d'un seul regard et de se rappeler quel rôle il jouait exactement entre ces murs quatre ans plus tôt.

– Cor était un type bien.

Quelque chose qui ressemblait à de l'émotion fit briller les yeux de Max.

– Il se la coule douce à Djakarta.

– Si je me souviens bien, il était déjà là-bas pendant les massacres de 1965 et 1966. Qu'est-ce qu'il mijote ?

– Le communisme, c'est comme la mauvaise herbe, on a beau l'arracher, il repousse. Et même chez les renégats, il en reste toujours quelque chose.

Carvalho caressa en passant la joue de Max, qui recula comme s'il avait reçu un coup de griffe.

– Je n'ai jamais été un renégat, Max. J'étais un apostat, un apostat cynique. Voilà tout.

## 13

Le soleil du Nord donnait raison à Pío Baroja. Il adoucissait les couleurs, il ne les enivrait pas comme la brutale luminosité du Sud. C'est cette lumière nordique qui met des nuances de vert sur la mer, qui vieillit les toits lie-de-vin et peint chaque feuille d'arbre à Amsterdam d'une touche différente. Carvalho dut se faire violence pour quitter Amsterdam et aller à La Haye. En face de la gare centrale, il déjeuna de harengs crus à l'oignon, debout devant une baraque roulante blanc et bleu. Tout en mangeant sa troisième tranche de pain noir garnie de harengs crus et d'oignon, il assista au va-et-vient des bateaux-mouches qui se préparaient à partir pour leur voyage touristique sur les canaux. Il ne quitterait pas Amsterdam sans refaire ce voyage qui alignait la ville au-dessus de la tête du visiteur presque allongé, tranquille témoin du défilé fantomatique d'une cité des XVIe et XVIIe siècles.

Les trains en Hollande ont tous l'air de trains de banlieue. Quand on les voit, on pense plutôt à un métro à l'air libre qu'à un réseau ferroviaire classique. Les gens les prennent comme ils prendraient le métro, et les villes se succèdent en un urbanisme unifié et ininterrompu, sur fond de géographie invariable. Il se souvenait de l'anecdote que lui avait racontée Carrasquer, professeur de littérature espagnole à l'université de Leyde : la Hollande n'a qu'une montagne qui fait moins de cinq cents mètres de haut ; les Hollandais ne marchent pas dessus pour ne pas l'user. C'est un véritable monument national. Dans son wagon, Carvalho se retrouva avec des êtres taciturnes et calmes. De temps en temps, il surprenait le vol de mots espagnols, italiens, grecs ou turcs, croyait-il. Mais la gravité hollandaise déteignait sur les Méridionaux du monde. Dans un milieu où le silence est une valeur reconnue, les Méridionaux du monde se taisent. Ou peut-être, se dit Carvalho, simplement craignent-ils que leur luxuriance phonétique de peuple pauvre ne rompe l'équilibre psychologique des puissants. Carvalho avait apporté une pipe pour se mettre dans le ton et fumer du tabac hollandais pour une fois qu'il en avait l'occasion. Il remarqua que le simple fait de fumer la pipe le faisait rentrer en lui-même et l'aidait à prendre ses distances par rapport aux gens et aux choses. Il suçait l'obéissant appendice et la fumée confirmait une relation pratiquement autosuffisante.

Une fois à La Haye, il préféra marcher un peu. Il descendit de la gare vers le centre actif et commercial. Il reconnut un restaurant qui l'avait enthousiasmé lors de son dernier séjour : The House of the Lords. Il lut, pour voir, le menu au passage et se promit de revenir y déjeuner s'il le pouvait.

Parmi les plats du jour, il y avait des escargots d'Alsace et un gigot rôti émouvant. Il n'avait pas mangé de bon gigot depuis des lustres, exactement depuis la fois où il était allé à la foire aux vins de Dijon. The House of the Lords était une maison de confiance, il se souvenait d'une dinde farcie au jus de grenade qu'il avait mangée un jour dans ce pseudo-club anglais. Évidemment, le cuisinier était galicien, à l'époque.

L'heure du déjeuner approchait et il pressa le pas. Devant l'usine Philips, il attendit la sortie du personnel en feuilletant le magazine pornographique *Suck*. La couverture avait l'air d'un hommage à la carotte. Dès que sortirent les premiers ouvriers, Carvalho plia le magazine en deux et le mit dans la poche de sa veste. Il se mêla aux premiers groupes qui allaient vers leur déjeuner et il ne tarda pas à entendre parler espagnol. Il suivit discrètement deux hommes petits de taille, costauds, la quarantaine, qui se dirigeaient avec décision vers le centre. Il marcha sur leurs talons et, dès qu'ils se furent détachés des autres ouvriers, les aborda.

– Excusez-moi. Je vous ai entendus parler espagnol. Je suis de passage et je voudrais manger dans un endroit où on fait la cuisine du pays.

Les deux hommes se regardèrent et hochèrent la tête, hésitant comme si Carvalho leur avait demandé à un croisement de routes à Tordesillas s'il était encore loin d'Aranda del Duero.

– Vous êtes mal barré, ici. À Rotterdam, à Amsterdam, c'est différent. Mais ici…

– Il n'y a pas un foyer ?

– Ouais, il y a un foyer où on va, mon copain et moi. On doit faire une course, vous pouvez nous accompagner si vous voulez, après, on vous dira où c'est et on ira peut-être avec vous.

En rêve, Carvalho vit partir en fumée une petite cassolette avec dedans six beaux escargots d'Alsace, mais il fit contre mauvaise fortune bon cœur et accepta la proposition comme si elle lui tombait du ciel. Il essaya de discuter cuisine avec eux. Les hommes mettaient à lui répondre toute la retenue du Celtibère mâtiné de Comanche. À leur accent, il devina que, des deux hommes, l'un était galicien, l'autre de pas loin.

– C'est vrai, monsieur. Mon ami est d'Orense, moi de León, lui apprit le moins jeune des deux et le plus bavard.

Ils marchaient vite, vers un but précis. Les immeubles se succédaient, c'était loin. Ils débouchèrent enfin dans une courte rue bordée d'arbres. Il traversa derrière eux. Ils s'arrêtèrent devant la vitrine d'un night-club. Derrière la vitre, on voyait l'étalage de marchandise féminine habituel. Cinq ou six filles de provenances exotiques (de France jusqu'au Cachemire) montraient leurs seins aux passants. Dans un coin de la vitrine, une fille n'en montrait qu'un et avait pour nom d'artiste Finita del Oro.

– Elle est de chez nous, remarqua le Léonais, de l'émotion dans la voix.

– De León ?

– Non, d'Espagne.

– C'est la mieux, remarqua le Galicien.

Les deux hommes se regardèrent, contemplèrent une dernière fois leur compatriote à demi nue et repartirent dans la direction d'où ils étaient venus. Ils avaient traversé la moitié de la ville pour voir une moitié de buste de femme de chez eux.

– Vous avez de la famille ici ?

Ils n'en avaient pas. Le Galicien était célibataire et le Léonais était marié mais son épouse était restée à León. Il y allait tous les deux ans à Noël et ça lui redonnait du cœur à l'ouvrage.

– Moi, ici, je me tiens tranquille. D'abord, parce que je veux que mon épouse se tienne tranquille à León, et j'en fais autant de mon côté. Ensuite, le vice est très cher, ici, et nous sommes venus pour mettre de l'argent de côté.

Le Léonais avait acheté un appartement à León et faisait faire des études à sa fille : français et sténodactylo.

– Les langues, c'est très important. On s'en rend compte quand on part à l'étranger.

Le Léonais n'arrêtait plus de parler, l'esprit libre de démangeaison sexuelle. Il avait quitté l'Espagne à plus de quarante ans parce que la crise avait frappé l'industrie sucrière léonaise où il travaillait. Il croyait qu'en Espagne on vivait bien partout, sauf dans quatre ou cinq provinces. « On vit bien, chez vous », remarquèrent-ils quand Carvalho leur dit qu'il habitait Barcelone.

– Mais je suis de Lugo.

– D'où exactement ? demanda le Galicien timide qui prenait pied enfin dans un coin de conversation propice.

– De Souto, près de San Juan de Muro.

– Mauvaise terre. Très pauvre.

Carvalho ne se souvenait presque plus de cette mauvaise terre, de sa pauvreté, mais il approuva d'un coup de menton énergique. Il leur demanda si ça allait. S'ils n'avaient pas de problèmes. Les deux hommes se regardèrent.

– La politique ne nous intéresse pas. Nous sommes venus ici pour mettre un peu d'argent de côté et après retourner en Espagne.

– Mais on vous traite comment ? L'ambassade espagnole s'occupe de vous ?

Ils se regardèrent de nouveau et, quand les yeux du Léonais se reposèrent sur Carvalho, il y avait dedans du malaise, le malaise de quelqu'un qui se retrouve sans savoir pourquoi dans un commissariat. Carvalho se rendit compte qu'ils le prenaient pour un flic espagnol essayant de les cuisiner sur leurs idées politiques.

– Je dis ça parce que j'avais un copain à La Haye qui travaillait dans la même usine que vous et il en avait jusque-là. On l'appelait le Tatoué. Il avait un tatouage dans le dos, c'était juste une phrase : *Né pour révolutionner l'enfer.*

Les deux hommes marchaient et écoutaient attentivement.

– Il travaillait ici il y a longtemps ?

– Deux ou trois ans.

– Il s'appelait comment ?

– Je n'arrive pas à m'en souvenir. On l'appelait toujours le Tatoué, jamais on n'a cherché à savoir son nom.

– Il était comment ?

– Grand, blond. Un beau type. On aurait dit un étranger.

– Tiens. L'Américain.

– Ça se pourrait. Il y avait un jeune, grand et blond, qui travaillait ici. On l'appelait l'Américain.

– Et il avait un tatouage.

– D'où que tu sais ça ?

– Ça m'est revenu quand le monsieur en a parlé. Une fois, on a fait une partie de foot contre les Espagnols de Philips à Eindhoven. L'Américain jouait avec nous et j'ai vu son tatouage au vestiaire, je me souviens qu'il y avait « enfer » d'écrit. Le reste, je ne sais plus. Mais il y avait bien ce mot-là.

# 14

Ils arrivèrent au foyer situé à côté de l'usine. Il n'était pas géré par des Espagnols et on n'y mangeait pas espagnol non plus. Un étrange ragoût d'aubergines dans lequel Carvalho reconnut une pâle approche de l'*imam bahili* turc. Le serveur était turc mais il savait des mots d'espagnol italianisé qu'il employait pour s'adresser aux convives aussi bien espagnols qu'italiens. Le Léonais insista pour payer les bières et arrêta la tentative timide que fit le Galicien pour le devancer. Ils poursuivirent leur conversation après qu'ils furent servis.

– Je n'arrive plus à me souvenir du prénom de mon copain le Tatoué, ou l'Américain, comme vous dites. Luis, non ?

– Non, monsieur.

Le Galicien savait des choses et il intervenait maintenant dans la conversation avec l'assurance d'un expert.

– Il s'appelait Julio Chesma. Il était de Puertollano, province de Ciudad Real.

Le Léonais n'était pas très sûr du nom de famille.

– Julio, oui. Mais, Chesma, j'en mettrais pas ma main au feu.

– Chesma. Ches-ma. Je t'assure. Quand je me suis fait ma blessure à la main, j'ai été trois mois au bureau et figure-toi que j'ai vu passer les papiers de la moitié du personnel. Julio Chesma. De Puertollano. Il avait vingt-sept ans.

– Vous voyez ? On dirait qu'il ne fait jamais attention à rien et tout à coup il vous sortirait l'annuaire du téléphone qu'on n'en serait pas surpris.

– Il y a longtemps qu'il ne travaille plus ici ?

– Il n'est pas resté beaucoup. Il était du genre fatigué de naissance, il n'avait pas envie de se casser le cul. Il y a des types qui ont un poil dans la main.

– Il est parti à Amsterdam.

Carvalho commençait à regarder le Galicien comme Robinson dans son île le navire qui jetait l'ancre et le ramenait à la vie. Cet homme avait une foutue mémoire de masturbateur. On voyait qu'il se rendait compte qu'il avait gagné la partie face au Léonais qui bavardait à tort et à travers, parce qu'il savait exactement ce qui intéressait le type bien habillé en face de lui, le Catalan, enfin presque Catalan, et le prix de son savoir serait le succès qu'il allait se tailler. Carvalho le paya rubis sur l'ongle :

– Une véritable encyclopédie. Quelle mémoire !

– Il habitait Amsterdam, sur le Rokin, numéro seize.

Il ne sut pas exploiter son succès. Il perdit de sa réserve et rit malgré lui, parce qu'il n'en revenait pas de ce qu'il était capable de faire, mettre KO d'un coup le dirigeant léonais et le citadin plein aux as.

– Et comment tu sais ça, toi, bordel ?

Le Léonais était épaté, oui, mais vexé. Le Galicien raconta qu'ils étaient devenus copains au football et qu'un jour il était allé le voir à Amsterdam. Le Galicien saisit la détresse psychologique qui envahissait le Léonais rejeté à l'arrière-plan et il lui fit une concession : il lui livra la mémoire de Julio Chesma, et le déposa, bouc émissaire, sur l'autel de la morale :

– C'était un vrai voyou.

– Qu'est-ce que je disais !

Le Léonais se raccrochait aux branches.

– C'était un rêveur, il n'était pas sérieux.

Le Galicien continua à sacrifier l'ami absent pour plaire à l'ami présent.

– À Amsterdam, il s'était trouvé une bonne femme et il avait du fric, je ne sais pas où il le prenait, mais il en avait. Il habitait dans un hôtel très bien, où je vous ai dit. Il avait une chambre pour lui tout seul, avec une salle de bains, tout le confort.

– Qu'est-ce qu'il faisait ?

– Maquereau. Gigolo.

Le Léonais redevint le centre d'attraction du trio :

– C'est pas rare ici, les gars comme lui. Les femmes d'ici s'imaginent qu'on arrive tous affamés, vous voyez ce que je veux dire. Alors quand elles se trouvent un Espagnol ou un Turc, elles y vont carrément. Même moi, si je voulais... Mais il faut avoir la tête sur les épaules. C'est ce qui lui manquait, à ton copain.

– Mon copain, mon copain… On se voyait au foot et il était sympathique. Tu ne peux pas dire le contraire.

– Ces types-là sont toujours sympathiques. Comme ils n'ont pas d'exigence envers eux-mêmes, ils n'ont pas d'exigence envers les autres non plus.

Carvalho ne put réprimer une certaine bouffée d'admiration pour le Léonais. C'était exactement l'idéologie dont ils avaient besoin pour ne pas se dire un jour que leur vie était de la merde. Le Léonais était lancé :

– C'est pour ça que tous ces types ne se créent pas d'obligations. Ils ne s'en créent pas à eux, ils n'en créent pas non plus aux autres, et on trouve toujours que ce sont des gars formidables. Toi, par exemple, tu es célibataire mais tu fais vivre ta mère et tu envoies de l'argent au village pour qu'ils se sortent de la mouise. Un coup c'est pour une vache, un coup ta sœur qui se marie, un coup pour payer le docteur. Tu sais ce que ça te coûte.

Le Galicien avait les larmes aux yeux et hochait la tête. Carvalho se surprit à hocher la tête aussi et se souvint d'avoir contribué à la survie de la ferme galicienne en envoyant deux mandats de cinq mille pesetas à ses oncles. Mais il se reprit, se dit qu'il n'était qu'un pauvre con, les types qui étaient avec lui pareil, trois Espagnols tristes à La Haye qui s'imaginaient qu'ils avaient réussi leur vie parce qu'ils subventionnaient une vache et les gribouillages sténodactylographiques d'une petite merdeuse.

– Être espagnol, c'est dur, dit Carvalho, pour voir s'il se passait quelque chose.

Il se passa quelque chose. Le Léonais le regarda fixement. Il rapprocha son visage du sien. Il lui mit une main sur le bras, comme pour mieux communiquer avec lui, ou écarter les mauvaises pensées, et lui dit avec une certaine emphase :

– Mais c'est ce qu'il y a de plus grand au monde. Si la guerre éclatait entre l'Espagne et la Hollande, à l'instant où je vous parle, moi, je pars immédiatement en Espagne pour me battre et défendre ma patrie.

Il se tourna vers le Galicien, toujours embourbé dans l'évocation des vaches à payer et des sœurs à marier.

– Je ne sais pas ce que tu ferais, mais moi je n'hésiterais pas.

– Moi non plus, tu parles, moi non plus, l'assura le Galicien.

Mais il regardait Carvalho, cherchant peut-être chez ce type qui avait l'air de savoir des choses l'assurance qu'il n'y aurait pas de guerre hispano-hollandaise dans l'immédiat, soit les trente ans que, bon an mal an, il leur restait à vivre.

Carvalho vint à la rescousse :

– Il y a peu de chance qu'il y ait une guerre.

– Évidemment, c'était une supposition.

Le Léonais regarda sa montre et dit à son compagnon de se lever. Ils devaient retourner au travail. Carvalho les accompagna jusqu'à la porte de l'usine et leur serra la main avec une tendresse plus forte que lui.

– Vous allez à León pour Noël ?

Le Léonais marié dit non, sans hésiter.

– C'est pas l'année.

Et il lui tourna le dos, suivi de son ami. Combien de voyages feraient-ils, tous les deux, cette année, vers les vitrines des night-clubs, pour s'offrir un contact si pauvre, si furtif qu'il n'était que des yeux, pas même de chair humaine ? Il y en a qui naissent pour faire l'histoire, d'autres pour la subir. Pour prendre ou pour donner, toujours les mêmes. Bêtement, Carvalho était en rogne contre la race humaine tout entière. Il reporta sa rogne sur les Hollandais impassibles qui passaient et repassaient sur leurs bicyclettes, qui n'étaient pas obligés d'aller récolter le sparte à Murcie ou travailler dans les raffineries de Carthagène. Il voulut murmurer « Vous vivez bien, mes salauds ! », mais la phrase résonna et attira l'attention d'un gentleman cravaté portant un attaché-case, qui le regarda avec condescendance. Il était déprimé, il s'assura que son corps ne le trahissait pas et qu'il avait choisi la bonne direction. D'un pas ferme, il se dirigea vers The House of the Lords, résolu à ce que son estomac oublie le cauchemar du ragoût faussement turc.

Le bourgogne coûtait les yeux de la tête. Mais Carvalho aurait donné ses deux yeux et sa tête avec plutôt que de laisser échapper une occasion d'arroser un gigot avec ce vin-là. Il était arrivé au restaurant à l'heure où s'effrite la carapace du serveur et où il se réfugie, avec les cuisiniers, les commis, dans cet étrange terrier d'heures creuses qu'est l'espace compris entre deux services. Carvalho les eut tous pour lui. Il ne restait plus à table qu'une famille d'Indonésiens. La femme avait cette beauté mauve d'un tableau de Gauguin et les deux petites filles promettaient un avenir glorieux. Quant au père, c'était un Soekarno maltraité par l'âge et cinq cents kilos de trop. Ils saluèrent cérémonieusement Carvalho en quittant la salle, et Pepe essaya de retenir d'un regard sirupeux la fuite de la belle femme. Il suivit le mouvement de ses puissants muscles dorsaux jusqu'à ce qu'ils cessent de triturer l'air de l'allée centrale et que son corps opère un mouvement tournant de quatre-vingt-dix degrés qui la conduisit dehors. Ce nouvel angle permit à Carvalho de constater que le profil de la dame mauve ne démentait pas ses hanches. La dame mauve allongeait l'amande de son œil oriental pour s'assurer de la complaisance et de la minutie avec lesquelles l'étranger l'observait. Carvalho avait regretté plus d'une fois dans des occasions semblables de ne pas porter sur lui une de ces cartes opportunes sur lesquelles on inscrit son adresse, on griffonne deux mots passionnés, et qu'on laisse dans la main apparemment indifférente de la dame enfermée à double tour dans les conventions de l'érotisme. Il fallait qu'il essaye un jour. Quel dommage de ne pas avoir commencé aujourd'hui !

Il put se consacrer au gigot sans réserve. Une viande cuite à point est avant toute chose un plaisir tactile qui flatte le palais. Le gigot rôti au four est le plus simple qui se puisse manger. Il n'a point la bonhomie judaïsante, sur son lit de pommes de terre, du gigot à la paysanne, mais non plus la prétention souvent trompeuse de la gigue de chevreuil, ni le pittoresque du gigot aux épinards. Un gigot rôti est d'abord une viande bien cuite et bien parfumée. Le bourgogne, avec ses arômes éclatés contre la peau fine et délicate du palais, mués en vapeur vineuse qui lui engourdissait le nez, semblait un velours fluide calmant les plaies ouvertes par le frôlement de la viande.

Carvalho mangeait avec cet enthousiasme impavide qui caractérise les gourmets efficaces qui ne se donnent pas en spectacle. Son imagination rugissait mais ses lèvres et son visage ne montraient pour tout mouvement que le reflet de la lente mastication de chaque bouchée. Carvalho retenait au plus profond de lui-même ses émotions parce qu'il pensait que les plaisirs solitaires sont incommunicables. Il concevait qu'on fît un spectacle d'un plaisir partagé, jamais d'un plaisir solitaire. Aussi pour une autre raison. Le degré d'extériorisation de sa joie à manger était en proportion directe avec le pourboire qu'il lui faudrait laisser. Les garçons sont doués d'un sens psychologique redoutable. Sitôt ont-ils détecté l'extase dans votre œil qu'ils s'approchent de vous, vous demandent tout de go de la leur confirmer, farfouillent dans vos poches, celles de votre âme et celles de votre corps, avec cette complicité que crée la jouissance partagée et qui ne sera réelle que lorsque vous leur aurez laissé quinze pour cent de service.

Il conclut son repas avec un brie fait à point et ne sut pas résister à la tentation de crêpes à la marmelade d'oranges. Il prit deux cafés et deux verres de genièvre pour faire basculer d'un coup les saveurs de son palais dans sa mémoire. Inévitable philosophie du pousse-café qui, à chaque fois, lui faisait battre la campagne.

– Les vrais plaisirs sont ceux de la mémoire.

Il avait parlé à haute voix et le garçon s'approcha pour s'enquérir de ce qu'il voulait. Carvalho traduisit pour lui sa phrase en anglais et le garçon sourit avec condescendance, mais les yeux qu'il fit, sa retraite précipitée indiquaient soit qu'il n'était pas d'accord avec la philosophie de Carvalho, soit qu'il en avait marre de ce repas à rallonge, soit qu'il n'avait pas compris le sens profond de la phrase. Tout en faisant le compte des trois variantes d'incompréhension totale que lui suggérait pareille attitude, Carvalho se dit qu'il devait être un peu soûl, sinon pourquoi cette tentative de séduction intellectuelle d'un loufiat ? Ce n'était pas son genre.

Quand il sortit du restaurant, il n'eut pas la force de demander si le cuisinier galicien qu'il avait presque embrassé lors de sa visite précédente, après l'inénarrable dinde farcie au jus de grenade, était toujours là. Il marcha vers la gare et s'arrêta devant les vitrines des grands magasins. Il eut l'idée d'acheter une chinoiserie pour Charo. Il s'engagea dans les ruelles bordées d'arcades qui faisaient le cœur de ce quartier commerçant et acheta une veste chinoise importée de Hong Kong. Puis il fila vers la grand-place, monumentale et royale. Il y avait un drapeau

hollandais au balcon de l'hôtel de ville, signe pro-
tocolaire qu'un membre de la famille royale était
dans la cité. Il béa comme un touriste devant le Tri-
bunal international. Un animal à l'intestin généreux
avait fait caca en plein sur le gazon devant la grille.
L'attention de Carvalho glissa de la superbe crotte à
un perroquet en promenade sur l'épaule d'une vieille
Hollandaise qui avait eu l'heureuse idée de remplacer son transistor par une créature de chair et de
plumes. Carvalho prit la direction de la gare, d'un
pas décidé cette fois. Tout à coup il réalisa combien
sa journée avait été fructueuse, pas seulement parce
qu'il en avait appris long sur les problèmes sexuels
des émigrés ou parce qu'il avait magnifiquement
déjeuné. Le corps vomi par les eaux de Vilassar de
Mar n'avait toujours pas de visage, mais il avait un
nom et son curriculum vitae s'était rempli. Il possé-
dait déjà ce que M. Ramón lui avait demandé : un
nom. Nom d'un visage qu'avaient dévoré les poissons de la Méditerranée, complété pour l'heure par
les renseignements apportés par le tatoueur murcien
et par un camarade d'usine de La Haye. Il pouvait
d'ores et déjà retourner en Espagne avec le seul nom
du noyé, mais un lien de dépendance était né entre
lui et le jeune homme blond comme la bière. Un lien
qui poussait Carvalho à poursuivre son enquête en
Hollande aussi loin que possible. Un homme jeune,
avec une imagination qui ne collait pas au réel. Le
réel, c'était sa condition de travailleur immigré. Son
imagination le poussait vers l'aventure du temps
libre, délivré de la prison de l'horloge qui marque
les entrées et les sorties de l'engrenage de l'usine.

Pour échapper à cet engrenage, il n'avait pas hésité à se mettre sous la protection des femmes, financièrement parlant. Carvalho méprisait les macs. Il savait par expérience que c'étaient les animaux les pires de la pègre, même s'il en avait connu un, un sentimental, qui s'était spécialisé dans la pose d'attelles en cure-dents aux pattes des petits moineaux que le mois de mai faisait tomber sur les dalles grises de la prison d'Aridel. Carvalho se souvenait de la tendresse et de la patience du barbeau tandis qu'il chuchotait des petits mots dans le semblant d'oreille de l'oisillon terrorisé et que ses gros doigts dansaient avec une dextérité de chirurgien autour des fragments de cure-dents et du fil qui maintiendrait l'attelle en place.

Mais dans le cas de l'homme grand et blond comme la bière, il y avait des particularités remarquables et intéressantes. Les cent mille pesetas que lui payait Ramón étaient la plus remarquable. Ensuite, la phrase du tatouage, un défi de prince de la Renaissance sur le corps d'un ouvrier émigré, devenu d'abord gigolo, puis homme-poisson sans visage, empreint d'un mystère d'animal amphibie sans visage et sans identité.

> *Depuis dans tous les ports je cherche*
> *Et à chaque marin je demande*
> *Si, des fois, il connaîtrait pas son sort.*
> *J'lui s'rai fidèle jusqu'à la mort...*

Devant un verre d'alcool, un comptoir fatigué, la femme de la chanson poursuivait sa quête obstinée de son homme, qui était arrivé sur un navire au nom étranger, qui avait un tatouage sur la poitrine, là où était son cœur. Carvalho était persuadé qu'une femme comme ça existait bel et bien dans cette histoire. Quelque part, il ne savait où, pas encore, une femme gardait sur sa peau l'empreinte nette du noyé.

# 15

La nuit tombait sur Amsterdam. Carvalho pesta contre ce jour perdu où il ne verrait pas la ville. Il retourna manger des tartines de pain noir au hareng et à l'oignon cru. Un pot de bière fraîche l'aiderait à digérer. Il eut la prudente idée de demander à des filles qui passaient où se trouvait le Rokin. C'était assez près de la gare et de son hôtel. Au-delà du Dam. Carvalho décida de s'y rendre à pied, bien qu'il aimât prendre le tramway qui descendait de la gare jusqu'au quartier des musées. Le Rokin prolongeait Damrak, à partir du Dam, et débouchait en fait non loin de la Rembrandtplein. Le Dam était plein du brouhaha des hippies devant lesquels paradaient d'angéliques jeunes gens harnachés de plastrons en plastique jaune vantant les mérites de la famille et ses vertus. Les hippies, pareils à des Comanches au soir de leur ultime bataille perdue contre les visages pâles, agonisaient sur les marches du Dam, pendant que les anges de la réaction clamaient les mérites conjoints du patriarcat et du matriarcat réunis.

Carvalho arriva sur le Rokin et s'engouffra sous

le porche du numéro seize. Les marches de bois le menèrent devant l'enseigne éclairée par un tube au néon : *Patrice Hotel*. Une employée presque invisible dans la pénombre du vestibule lui ouvrit la porte. Elle allait voir et il attendit le résultat de ses démarches. Les meubles avaient tous les signes particuliers qui révélaient leur nationalité, un style maison de poupée embourgeoisée dans la manière traditionnelle hollandaise. Patrice, à n'en pas douter, apparut, affligée d'un corps passablement vieux et gras mais bien corseté, d'un visage peint *a tempera* par une main experte en restauration. Carvalho lui dit qu'il venait d'Espagne et qu'il cherchait un parent à lui, un parent éloigné. Sa famille n'en avait plus de nouvelles depuis presque deux ans et ils étaient inquiets. Julio Chesma. La dernière chose qu'on a sue de lui, c'est qu'il a habité chez vous.

– Ici ? Je ne m'en souviens pas. Attendez un peu.

Elle parlait anglais, mal. Elle sortit et revint avec un Hollandais grand et fort qui ressemblait, comme seul peut ressembler un Hollandais grand et fort à un autre Hollandais grand et fort, à l'inspecteur qui l'avait interrogé à l'hôtel.

– M. Singel ne parle pas anglais, mais il a bonne mémoire, lui dit Patrice avant de répéter en hollandais son histoire au géant.

Tout en l'écoutant, l'homme observait Carvalho avec une certaine ingénuité affectueuse. Ainsi les petits Hollandais croient-ils que Santa Claus leur arrive tout droit d'Espagne. Il répondit en hollandais à la dame Patrice.

– Vous voyez. Mon mari a meilleure mémoire

que moi. Vous aviez raison. Votre cousin a bien logé chez nous. Mais il est parti il y a deux ans et nous n'en savons pas plus. C'était un excellent garçon. Très discipliné. Oui, vraiment. Très discipliné.

Carvalho ne put rien obtenir de plus. Bon pensionnaire, excellent pensionnaire. Ils ne savaient pas ce qu'il faisait comme travail, mais il avait beaucoup de temps libre. Non, il ne recevait pas de femmes chez lui. Ils ne lui connaissaient pas d'amis, ni hommes ni femmes. Mme Patrice faisait celle qui ne sait rien. Son mari racontait, et elle, elle traduisait en anglais.

Carvalho leur dit son plaisir d'entendre tout le bien qu'ils pensaient de son cousin.

– Je vais aller voir la police, il n'y a plus que ça à faire. Peut-être que la police sait quelque chose.

Le Hollandais faillit lui répondre directement. Mais il se retint et continua à contempler Santa Claus d'un air ébloui. Sa femme réexécuta le rituel de la traduction et redescendit bientôt de la tour de Babel avec la réponse :

– Il n'est pas impossible que la police sache quelque chose. Ils sont très bien informés, ils ont l'œil sur tout, particulièrement sur les étrangers.

Carvalho prit congé. Il redescendit dans la rue et s'arrêta quelques portes plus loin devant un marchand de vin. Il s'aperçut que, de la librairie située en face du Patrice Hotel, il avait une bonne vue de la porte de l'hôtel et des allées et venues. Il entra dans la librairie, regardant d'un œil une pile de livres sur l'art graphique des années vingt, de l'autre la porte du Patrice Hotel. Il y avait du chimérique dans son attente, peut-être les choses étaient-elles ce qu'elles paraissaient être, normales, peut-être que le ménage Singel se mettrait tout bonnement au lit et ne sortirait pas jusqu'au lendemain. Vingt minutes s'écoulèrent et il avait feuilleté presque tout ce qui a été écrit dans le monde sur l'art graphique de l'entre-deux-guerres. Il perdait de vue l'entrée de l'hôtel s'il se tournait vers un autre présentoir. Au bout d'une demi-heure, M. Singel sortit et sa haute silhouette prit le chemin du Dam. Carvalho le suivit. Singel marchait sans s'en faire. Il attendit son tramway sur le Dam, assez pour que Carvalho ait le temps d'arrêter un taxi et de dire au chauffeur d'attendre quelques instants. Le chauffeur était atteint de l'hystérie commune à tous les chauffeurs de taxi d'Amsterdam et refusait d'attendre et de suivre un tramway. Carvalho lui donna dix florins pour commencer et la réticence du chauffeur fondit. Il descendit de sa voiture et alla fourrager dans son moteur, pour le cas où quelqu'un lui ferait remarquer qu'il était garé en double file. Le tramway de M. Singel arriva et le taxi s'apprêta à le suivre.

Il n'alla pas très loin. Le tramway arriva sur le Leidseplein. Singel descendit et entra dans une taverne surpeuplée jouxtant, chose rare, un restaurant de poisson. Le répertoire gastronomique piscicole des Hollandais se limite quasiment aux excellents petits pains au poisson cru à l'oignon ou au poisson fumé vendus dans les kiosques de rue que l'on trouve dans les moindres villes ou villages de Hollande. Au travers des vitres de la taverne,

Carvalho vit Singel s'asseoir à une table occupée jusqu'alors par une seule fille habillée en hippie. M. Singel parla gravement avec cette fille vautrée sur sa chaise, coiffée à la Angela Davis teinte en blond, les yeux maquillés cernés d'un trait marron terre sale, engoncée dans la peau d'un mouton sans doute sacrifié et transformé en manteau à même son corps.

Leur conversation fut courte. La jeune fille se leva et Singel la suivit. Non loin de là, depuis l'entrée d'un cinéma qui donnait *Fritz the Cat*, Carvalho vit Singel repartir par où il était venu et la fille peau-de-mouton traverser le Leidseplein et marcher vers le Weteringschans. Il savait où le conduirait Singel, en revanche la fille ouvrait une nouvelle piste que Carvalho suivit. Au-delà du Leidseplein, il y avait un coin joyeux, un quartier des lanternes rouges en miniature, avec des restaurants, un ou deux night-clubs, quelques sex-shops, pas beaucoup. La fille le traversa puis tourna dans une rue à droite. Une étrange église, la façade peinte de toutes les couleurs dans le style pop, se dressa devant eux. Le Paradiso. Une ancienne église offerte par la mairie à la jeunesse d'Amsterdam et transformée en un mixte de cathédrale de la pop music et du pop art, de pâtisserie où consommer des petits gâteaux assaisonnés de drogues douces, de centre récréatif, avec salle de lecture et cinémathèque, et de centre commercial adapté au pouvoir d'achat réduit du monde hippie.

Carvalho fut obligé de s'inscrire pour pouvoir entrer. Deux florins la carte, le ticket d'entrée en sus. Jamais il ne s'était plié à une telle formalité, sauf dans des clubs de « living sex ». Les moindres recoins de l'église et de ses dépendances regorgeaient de citoyens du pays Hippie, assis sur l'escalier à double volée qui montait vers les salles de réunion du premier étage. La jeune fille se faufila par la porte centrale, vers le chœur où, devant un écran sur lequel des images tâchaient d'exacerber la psychédélie de la musique, jouait un groupe pop. La nef centrale était occupée par des gens assis en travées régulières, mais dans les nefs latérales les corps formaient une mêlée confuse d'humanité gisante, morose, secouée par à-coups dans la solidarité de la musique. L'air puait l'herbe à plein nez. Carvalho sentit des dizaines de regards se poser sur son corps. Un Martien néocapitaliste en costume de demi-saison, voilà ce qu'il était pour eux. Et par-dessus le marché, ses cheveux s'arrêtaient exactement au ras de son col de chemise. Il se faisait penser à un touriste perdu dans le souk de Marrakech. La jeune fille progressait toujours vers le fond du chœur. Telle une nageuse, elle plongea dans l'océan des corps. Elle parlait à un magma d'êtres noyés dans l'ombre. Carvalho ne perdait pas un seul de ses gestes et s'intéressait en même temps à ce qui se passait devant le maître-autel. Les chanteurs étaient remplacés par des clowns qui racontaient une histoire qui ne faisait rire personne. Une main lui passa une cigarette de haschisch. Il aspira la bouffée rituelle et la passa à son voisin. Au travers de la fumée, il vit Peau-de-mouton se mettre debout, suivie par deux garçons. L'un d'eux portait un mouton, frère jumeau de celui de la fille ; l'autre avait tout de l'explorateur de l'Ouest sans la moindre mine d'or ou d'argent à enregistrer depuis bon nombre de semaines. Buffalo Bill et les deux Peau-de-mouton traînèrent les pieds jusqu'à la porte. Sur le point de sortir, ils se passèrent le mot et, avec une agilité incroyable compte tenu de leur flemme habituelle, ils s'adossèrent au mur et regardèrent dans la rue. Une voiture de police s'était arrêtée devant le Paradiso et les agents se déployaient sur le trottoir avec une agilité de chasseurs.

Carvalho n'avait pas grand-chose à craindre. Il sortit, se posta sur la plus haute marche de l'escalier qui montait au Paradiso et observa la chasse. Déjà, deux Malais avaient été arrêtés, un policier courait derrière un Noir en direction du Leidseplein. Champ libre, donc, pour les Aryens. Quant à Carvalho, celte mais basané, son aspect ne risquait guère, sauf acharnement imprévu, de réveiller l'instinct chasseur des flics. Le Noir s'était échappé et l'agent revint en soufflant. Ils embarquèrent les deux Malais et s'en furent sur la Sarphatastraat. Le trio formé par les deux Peau-de-mouton et Buffalo Bill, leur berger, se remit en mouvement. Tous trois dépassèrent l'endroit où se tenait Carvalho, à gauche du Paradiso, et disparurent dans l'ombre. Carvalho comprit qu'ils avaient une voiture garée de ce côté-là. Il ne lui restait plus qu'à refaire son numéro : « Suivez cette voiture. » Heureusement, le trio avait dans le geste une lenteur de nirvana. Carvalho était déjà monté dans un taxi et les attendait, dix florins en moins dans son portefeuille.

Le trio s'était embarqué dans une 2 CV peinte de toutes les couleurs et couverte d'autocollants pacifistes. La voiture s'engagea dans la Vijzelstraat en direction du Dam. Elle remonta le Damrak et tourna bientôt à droite, dans les ruelles qui menaient au cœur des Lanternes rouges et se rangea dans un parking en batterie le long d'un canal. Carvalho descendit de son taxi et tourna en rond en attendant que le trio se mette en mouvement. Ils s'enfoncèrent jusqu'à la moelle même, le cœur du quartier rouge. Presque toutes les vitrines de la rue principale étaient éclairées et les femmes s'offraient aux passants devant une chambre à coucher accueillante. Seules les lumières faisaient de cette attente pacifique et presque conjugale un spectacle d'exception. Badauds et passants regardaient les vitrines sans s'attarder, les femmes n'aimaient pas du tout qu'on les regarde comme des singes en cage. Certaines étaient sorties dans la rue et attendaient sur le pas de leur porte, oxygénées, bottées haut, la jupe à ras le bonbon, indifférentes.

Les deux garçons et la fille entrèrent dans une pizzeria où l'on mangeait debout. Carvalho s'accouda au même comptoir et commanda un sandwich au steak tartare et une bière. Les jeunes avalèrent leur pizza préfabriquée. Buffalo Bill consulta une montre de poche qu'il sortit d'une sacoche d'employé de la Wells Fargo. La montre leur ayant appris sans doute qu'ils avaient tout leur temps, ils s'accoudèrent avec leur lenteur coutumière au comptoir et se mirent à discuter comme s'ils avaient la nuit devant eux. Carvalho en profita pour commander un sandwich de pain complet garni de viande froide, de laitue et d'œuf dur. Une autre bière, et une petite conversation avec la serveuse, plutôt moche de tête mais gâtée aux bons endroits et pourvue d'une tignasse châtaine aussi drue que ses cuisses torturées par des bottes standard. Il se fit passer pour un Français en goguette quand il sut que la serveuse ne parlait que le hollandais et l'anglais. Non, ce n'était pas très animé, ce soir. Les weekends, oui, il y avait du monde, mais rien que des touristes. Des étrangers, ou des Hollandais de province qui venaient se vautrer dans l'enfer d'Amsterdam. La jeune femme avait prononcé le mot « enfer » avec comme un tintement ironique dans la voix. Carvalho lui posa la question de rigueur : est-ce qu'elle sortait tard ? Est-ce qu'elle avait quelque chose à faire après son service ?

— Plein de choses.

— Agréables ou désagréables ?

— Ça dépend de quel point de vue on se place.

Et elle riait. Carvalho n'arriva pas à l'en faire démordre. Des choses agréables ou désagréables selon le point de vue où l'on se place. Il s'agissait d'une défense stratégique que la serveuse devait déployer vingt fois par soir et Carvalho choisit de lui poser une question plus passe-partout : pouvait-elle lui servir une bière ? Les trois petits camarades étaient toujours là, ils prenaient leur temps, buvaient des cafés comme de l'eau, alors que l'établissement servait un café fort proche de l'espresso.

Buffalo Bill consulta sa montre une nouvelle fois et le groupe se mit en mouvement. Carvalho les laissa passer devant. Du coin de l'œil, il regarda la fille peau-de-mouton dans la lumière crue de la pizzeria et il s'aperçut qu'elle n'était ni belle ni laide, mais autre chose. C'est-à-dire qu'elle s'était modelée selon cette contre-image neutre qu'utilisent les femmes émancipées pour échapper à l'image de la femme-objet. Et atteindre leur objectif, le non-érotisme. Carvalho prophétisait que leurs partenaires masculins s'accoutumeraient vite à cette nouvelle convention et que, dans un futur proche, les femmes-objets seraient déguisées en antifemmes-objets ou en femmes anti-objets.

Carvalho fit ses adieux aux cuisses de la serveuse d'un regard de voleur à la tire dans une boucherie. Nez au vent, le trio marchait maintenant vers le canal central, au cœur même du quartier des vitrines. Un cercle de curieux entourait un orchestre de l'Armée du Salut qui chantait des hymnes élégiaques et prémonitoires aux bouches de l'enfer d'Amsterdam. Dans leur vitrine, les prostituées suivaient la vertueuse mise en scène de l'Armée du Salut. Au groupe de militants en uniforme s'étaient jointes quelques femmes du quartier venues manifester leur protestation éternellement ravalée contre ce qui faisait de ce quartier ce qu'il était, depuis Adam et Ève, quand il avait surgi, le long du port d'Amsterdam, proche de la Centraal Station qui déversait chaque jour son lot de péquenauds, la faim aux tripes. Des curieux, des clochards assistaient au sermon musico-théâtral avec une condescendance de public sportif regardant un groupe appliqué d'adolescents sensibles en fin d'études secondaires interpréter une danse des îles Samoa. Les arbres, les lumières, les reflets dans l'eau, l'architecture paisible des maisons, la réserve des prostituées, le silence des passants faisaient du quartier des Lanternes rouges le contraire d'un lieu sordide. Dans ce contexte, les cantiques de l'Armée du Salut retentissaient comme des pasodoble dans un bal de fin d'année scolaire.

Le trio sembla se lasser de ce spectacle candide. Buffalo Bill, selon toute apparence chef de la bande, consulta sa montre encore une fois et se mit avec les deux autres à remonter la rive droite du canal et à regarder ce qui s'y passait, s'arrêtant aux entrées des théâtres de porno « live », des cinémas pornos, du prétendu musée du Sexe, appellation racoleuse pour le magasin qui faisait le plus gros chiffre d'affaires de tout le quartier. Les deux garçons et la fille pénétrèrent dans le musée et Carvalho trouva cela bizarre. Voilà qui cadrait mal avec les manières hippies et les habitudes de la population aborigène. Comme si un Parisien de la contre-culture s'offrait le Lido, allait visiter Versailles ou montait en haut de la tour Eiffel. Peut-être s'agissait-il d'un jeu entre eux. Peut-être voulaient-ils retrouver un instant les joujoux du sexe, dont ils se moqueraient ou dont ils goûteraient la terrible ingénuité.

Carvalho traversa le petit musée qui s'ouvrait sur la boutique installée en sous-sol. La seule chose qu'il se serait bien achetée, à la rigueur, c'était un déguisement de sadique pour amuser Charo et la faire rire aux larmes, revenue qu'elle était de toutes les frayeurs mais affligée encore de la faiblesse sphinctérique qui confond le rire et les pleurs. Buffalo Bill regarda sa montre une nouvelle fois et le trio ressortit dans la rue sans regarder les objets exposés dans la boutique envahie par un groupe de Français qui laissaient échapper des rires hystériques que Carvalho avait cru jusqu'alors ne pouvoir rencontrer que chez certaines bourgeoises madrilènes nées à Alba de Tormes et élevées à Salamanque. La connerie et le refoulement ne connaissent pas de frontières.

Sans hésiter, le trio tourna le dos aux lumières, comme s'il voulait sortir du quartier. Soudain il disparut dans une ruelle à droite, et Carvalho pressa le pas pour le rattraper. Ils marchaient vite, tous les trois, ils semblaient vouloir gagner du temps ou de l'espace. La ruelle était mal éclairée, assez cependant pour que Carvalho pût distinguer la fille qui s'éloignait en courant presque tandis que les deux garçons s'arrêtaient, faisaient demi-tour et avançaient rapidement dans sa direction. Carvalho tourna la tête et vit derrière lui deux grands types s'approcher. Il avait tout de la tranche de jambon dans le sandwich, coincé entre ces deux costauds d'un côté, Buffalo Bill et Peau-de-mouton de l'autre. Il alla au plus simple et fonça sur Buffalo Bill la tête la première tout en mettant la main à la poche. Peine perdue, sa tête porta contre la sacoche. Quant à sa main, elle ressortit armée de son couteau ouvert, pour pas grand-chose. Peau-de-mouton lui balança un coup de pied en plein sur le dessus du crâne. Carvalho tomba et aussitôt les deux fiers-à-bras qui arrivaient par-derrière se précipitèrent sur lui. Étendu sur le dos, il continua à se défendre, les mains cramponnées à son sexe pour se protéger, ruant dans toutes les directions. Ils lui appliquèrent deux coups de pied dans les côtes, qui l'obligèrent à se recroqueviller sur lui-même. Les deux géants se jetèrent alors sur ses jambes et les immobilisèrent de force. Un pied lui cognait la figure. Carvalho essaya de se relever et ils le laissèrent faire. Il était encore plié en deux quand les coups de poing commencèrent à pleuvoir. Il distingua entre tous un coup sur la tempe qui illumina la pénombre de la rue. Poings et pieds le frappaient partout sans relâche. Il avait perdu son couteau et il ne lui restait plus qu'à se rendre. Il se laissa tomber sous le coup de poing qui lui parut le plus contondant.

Les coups cessèrent. Les quatre hommes parlaient entre eux. Ils le fouillèrent. Ils examinèrent ses papiers. Ils l'attrapèrent à deux sous les aisselles et le soulevèrent. Un autre le prit par les pieds et à trois ils le portèrent jusqu'au bout de la ruelle. Carvalho se disait qu'ils n'avaient que deux endroits où le mettre : soit ils le jetaient dans un canal, soit ils l'enfournaient dans une voiture garée sur un quai. S'ils le jetaient dans le canal, il y avait deux autres possibilités : soit ils lui attachaient d'abord les mains et les pieds, soit ils l'envoyaient au bain tel qu'il était. S'ils lui attachaient les mains et les pieds, il ne lui resterait plus qu'à lutter avec l'énergie du désespoir pour être achevé à terre et pour ne pas mourir noyé. Il entrouvrit un œil et vit qu'ils s'approchaient de la berge. Le groupe discutait. Ils semblaient échanger des avis sur un éventuel témoin. La pression des bras augmenta autour du corps de Carvalho. Il s'attendit au pire, mais les trois hommes balançaient son corps pour lui donner de l'élan. Et puis ils le lâchèrent. Il fit deux ou trois mètres en l'air, descendant vers son point de chute, ferma la bouche devant la viscosité de l'eau qu'il pressentait et qui le révulsait d'avance. Un fouet glacé le cingla lorsqu'il entra en contact avec l'eau et il se laissa couler. Il nagea avec les bras, partagé entre son angoisse et son dégoût qui frisait la terreur. Tout était noir. Il préféra fermer les yeux. L'acidité de l'eau lui remplissait le nez. Il retint sa respiration. Il tenta de rester au fond tout en se rapprochant du quai. Sa main heurta la berge visqueuse du canal. Il crut toucher la peau palpitante d'un horrible animal humide. Avec la main, il palpa le mur à la recherche d'une fissure où s'accrocher pour ne pas remonter. Il finit par la trouver et épuisa l'air qui lui restait dans les poumons. Il remonta lentement à la surface, où il arriva les poumons vides, comme si on lui avait cloué soudain deux pierres en plein milieu de la poitrine.

L'air humide lui fit mal en remplissant ses poumons. Les yeux au ras de l'eau, il essaya de distinguer sur la berge les silhouettes de ses agresseurs. Apparemment, il n'y avait plus personne. Dans l'obscurité se détachait l'ombre plus puissante du pont sous lequel disparaissait le canal. Il replongea et nagea vers le pont. Une fois à l'abri du pont, il refit surface. Il s'agrippa à une anfractuosité du revêtement de briques. Il décida d'attendre assez longtemps pour s'assurer d'un minimum de sécurité au moment de sortir. On n'entendait plus rien et dans le silence grandissait le bruit que faisait, en tombant, l'eau qui gouttait de ses manches. Sur le moment, il était tellement excité qu'il n'avait pas senti le froid, mais maintenant il claquait des dents. Il éprouvait du dégoût, de la peur et une profonde pitié pour lui-même. Il lui sembla que le pont allait se couvrir d'un coup de rats voraces et la peur panique des rats fut plus forte que son désir de ne prendre aucun risque. Frénétiquement, il chercha sur la paroi du canal une voie pour ramper jusqu'au quai. À la force des doigts, il hissa peu à peu le poids de son corps augmenté de celui de l'eau qui l'imprégnait. Il sentait l'acidité épaisse de l'eau coller à sa peau, ses cheveux, ses habits. Ses blessures le brûlaient et l'un de ses yeux était presque fermé.

Sa tête atteignit le bord du quai. Il fit un rétablissement et finit par se retrouver à plat ventre le long du bord. Sa respiration s'apaisait doucement, mais il avait de plus en plus froid. Pas un bruit. Seulement, au loin, le brouhaha intermittent de la circulation. Il décida de se mettre debout. Il y parvint, ne bougea plus, attendant que ses mouvements suscitent une réaction chez ses agresseurs. Rien. Alors, il se mit à courir dans un bruit qui lui parut épouvantable : celui de ses chaussures mouillées qui s'accrochaient comme des ventouses aux pavés. Plus il perdait d'eau, plus il gagnait en vitesse. Ses vêtements lui collaient à la peau comme une gaine. Il était dans un tel état qu'il ne pouvait pas prendre de taxi ou retourner à l'hôtel par des rues fréquentées s'il ne voulait pas se retrouver au poste.

Il était fatigué et il s'assit sur des marches qui descendaient vers une boutique en sous-sol. Il vit des boîtes à ordures d'où sortaient de vieux journaux. Il arracha les pages. Il enleva sa veste et sa chemise. Il se sécha avec le papier journal. De temps en temps, il passait sur une ecchymose ou sur une coupure plus profonde et il gémissait en sourdine. Il tordit sa chemise, la roula en boule et la jeta dans la poubelle. Il essaya d'essorer en partie l'eau qui dégoulinait de sa veste. Il l'enfila et releva les revers pour couvrir sa poitrine. Il ôta son pantalon et son slip. La vision confuse de son sexe le fit rire. Il ne manquerait plus qu'il se fasse arrêter pour exhibitionnisme. Il jeta son slip dans la poubelle. Il essuya le bas de son corps. Il tordit son pantalon et le remit. Le tissu de son costume était tel qu'on n'aurait pas dit qu'il était mouillé. Il s'essuya les cheveux et les pieds. Il se recoiffa tant bien que mal, avec les doigts.

S'il suivait des rues peu éclairées, personne ne remarquerait qu'il était un naufragé tout juste sauvé des eaux. Il avait laissé son pistolet à l'hôtel pour éviter les ennuis sérieux et voilà qu'il se retrouvait complètement désarmé. Il tourna le dos au canal et marcha vers un pompeux bâtiment néoclassique éclairé par les réverbères d'une petite place plantée d'arbres. Il n'avait pas l'intention d'aller jusqu'à la place mais de prendre la première rue qu'il trouverait sur sa droite et qui le rapprocherait de Waterlooplein. Il entendit le bruit d'une voiture derrière lui et se réfugia sur d'autres marches qui descendaient vers un autre sous-sol.

Quelques secondes plus tard, une voiture de police le dépassa. Carvalho la vit s'arrêter sur la place. Les agents descendirent et pénétrèrent sous un porche éclairé. De là où il était, il vit que quelques mètres seulement avant la porte du poste de police partait une rue qui servirait ses projets. Il s'en approcha, surveillant le moindre signe de vie à la porte du poste.

Il tourna dans la rue et prit le chemin de Waterlooplein en espérant que la marche l'aiderait à vaincre le froid et à oublier les multiples douleurs qui se réveillaient partout dans son corps. Au fur et à mesure qu'il se rapprochait de son but, sa confiance renaissait et il perdait de sa réserve. Il croisa un couple qui béa de surprise contenue en le voyant. Un de ses yeux était presque fermé. Il contourna Waterlooplein et se dirigea vers Rembrandtplein. Quand il aperçut au loin l'espace ouvert de la place, il ne put retenir un sanglot d'allégresse.

Il fonça dans l'hôtel en bataillant contre la porte à tambour. Il se retrouva devant un réceptionniste stupéfait qui lui tendit sa clef tout en balbutiant quelques questions empressées à propos de l'état dans lequel il se trouvait.

– On a essayé de me voler, je me suis bagarré et je suis tombé à l'eau.

– Vous avez prévenu la police ?

– Bien sûr. Ils m'ont raccompagné jusqu'à la porte.

Le réceptionniste en fit autant jusqu'à l'ascenseur, en lui répétant qu'il pouvait se vanter d'avoir eu de la chance.

– Amsterdam a l'air d'une ville tranquille comme ça, mais vous ne pouvez pas savoir tous les cadavres qui font le plongeon la nuit. Vous pouvez vous estimer heureux.

Dans l'ascenseur, Carvalho s'appuya lourdement contre une paroi et resta là, sans réaction, vide. Juste devant lui, il vit le menu du dîner épinglé sur la fiche d'instruction. Un beau menu.

# 16

Carvalho ouvrit les yeux avec la certitude qu'il y avait quelqu'un dans sa chambre. L'inspecteur qui l'avait interrogé la veille était au pied de son lit. Il l'observait attentivement. Carvalho était incapable d'en faire autant. Son œil le faisait atrocement souffrir.

– Ils ne vous ont pas raté.

Carvalho haussa les épaules. Un coup de tenaille dans les côtes le rappela à l'ordre.

– Vous connaissez la ville. C'est drôle que vous vous soyez laissé surprendre.

– Ils voulaient me dévaliser.

– C'est ce que m'a dit le réceptionniste.

– C'est lui qui vous a appelé ?

– Vous vous êtes évanoui dans l'ascenseur.

Carvalho déboutonna son pyjama et vit des sparadraps et des pansements sur ses blessures. Il sentait aussi sur son œil une substance poisseuse. Quelqu'un avait recollé les morceaux.

– Qu'est-ce qu'ils vous ont pris ?

– Rien.

– Vous pourriez reconnaître vos agresseurs ?

– Non. Tout s'est passé très vite, dans le noir.

– C'est drôle. Très drôle qu'ils vous aient jeté dans le canal sans vous ligoter.

– Ils ont cru que j'avais perdu connaissance.

– Tout le monde sait qu'il suffit d'une bonne trempette pour reprendre connaissance.

– Ils devaient avoir bon cœur.

L'inspecteur se rapprocha de la tête du lit. Il s'assit sur une chaise posée devant un secrétaire.

– Il vaudrait mieux nous parler franchement. Hier, vous êtes allé au Paradiso.

– Comment le savez-vous ?

– Vous vous y êtes inscrit. Nous avons le nom de tous les membres du Paradiso.

Carvalho se demanda combien de policiers déguisés en hippies traînaient parmi la somnolente clientèle de ce curieux paradis.

– Vous vous y êtes fait des copains ? poursuivit l'inspecteur.

– J'étais habillé en Martien et les autres en personnes normales. Dialogue impossible.

– Vous avez fumé ?

– À mon âge, on ne change plus ses habitudes. J'approche de la quarantaine.

– Moi aussi.

– Alors, vous voyez ce que je veux dire.

– Non. Je ne vois pas. Mais ça ne fait rien. Qu'est-ce que vous avez fait en sortant du Paradiso ?

– Je suis allé dans le quartier des vitrines.

– Vous êtes allé avec une fille ?

– Non.

– Vous vous êtes soûlé ?

– Non.

– Où avez-vous été attaqué ?

– En passant devant une petite rue. Ils m'ont tiré, ou bien ils m'ont poussé. Ils étaient quatre. Ils m'ont flanqué une raclée. J'ai fait semblant de m'évanouir et ils m'ont jeté dans le canal. J'ai attendu qu'ils soient partis. Je suis sorti. Je me suis séché avec des journaux, enfin, presque séché, et je suis rentré à pied à l'hôtel.

– Pourquoi à pied ? Dans ce quartier, il y a tout le temps des voitures de police. Au pire, vous auriez pu prendre un taxi.

– J'étais sonné. Les coups. Je voulais arriver à l'hôtel et j'ai marché comme un automate.

L'air distrait, l'inspecteur regardait la chambre.

– Cet hôtel se fait vieux.

– Mais il vieillit bien.

– Monsieur Carvalho, êtes-vous venu en Hollande pour vous occuper d'une affaire touchant à la drogue ? Je ne m'attends pas à ce que vous me disiez la vérité. Je veux seulement vous mettre en garde.

Il pointait sur Carvalho un doigt accusateur.

– L'État hollandais a un budget suffisamment élevé pour veiller lui-même à sa propre sécurité et pour en actionner les mécanismes. Nous n'avons pas besoin que des étrangers s'en mêlent. Encore moins des étrangers qui n'ont aucun statut officiel. Vous êtes hors du coup, monsieur Carvalho.

– Je suppose que je ne suis pas le premier touriste qui se fait agresser et jeter dans un canal.

– En effet. Mais vous êtes un touriste très spécial. Par exemple, les touristes normaux qui se font agres-

118

ser portent plainte et je suppose que vous n'avez pas l'intention de porter plainte.

– Non. Je ne reste que quelques jours en Hollande et je ne veux pas me gâcher la vie avec une enquête et le reste. En plus, ils ne m'ont rien pris. Je n'avais sur moi que des cartes de crédit américaines, ma Carte Blanche, la carte du Diners Club et quarante florins, à peu près.

– Il vous reste quarante florins, un peu mouillés mais qui pourront servir. Autrement dit, ils ne vous ont même pas volé les quarante florins que vous aviez en poche.

– Une trop petite somme.

– J'ai vu pire. Des gens ont été noyés pour moins de vingt florins.

– Incroyable.

Carvalho ne voulait pas pousser l'ironie trop loin, ni prendre des allures de personnage de Chandler aux prises avec un policier de Los Angeles bête et brutal. Pour la simple raison, entre autres, que l'inspecteur n'était pas un policier de Los Angeles bête et brutal et que lui n'était pas un personnage de Raymond Chandler. L'inspecteur s'était levé.

– C'est la seconde fois que je vous préviens, et la dernière. Si vous trouvez le moyen de vous fourrer de nouveau dans le merdier, nous prendrons les mesures qui s'imposent. J'allais oublier, l'inspecteur Kayser m'a dit de vous saluer de sa part et vous envoie ses souhaits de prompt rétablissement.

– Dites-lui que j'irai le voir avant de partir.

– Et ce sera quand ?

– Probablement demain. Ou après-demain.

L'inspecteur sortit. Carvalho demanda à la réception si un médecin était venu l'examiner. Effectivement, le docteur était venu, il n'avait rien de grave. Il devait rester au lit toute la journée et prévenir immédiatement s'il sentait que quelque chose n'allait pas ; s'il avait des nausées, on le transporterait à l'hôpital. Il se laissa aller contre ses oreillers, se versa un demi-verre d'eau de la bouteille posée sur sa table de chevet et le but. Puis il sauta du lit pour voir comment il supportait la station debout. Il s'accroupit et se releva lentement. Bien. Certains points précis de son corps lui faisaient mal et son œil tuméfié et douloureux le gênait, mais pour le reste tout fonctionnait. Il se remit au lit avec volupté. Il appela une nouvelle fois la réception et demanda qu'on vienne prendre son costume et qu'on le porte chez le teinturier. Le concierge en personne monta le chercher, lui demanda comment il allait et l'assura que son costume serait prêt dans quelques heures. Carvalho réclama un jus d'orange. Il lui fut apporté avec une rapidité tout américaine. Il le but et reposa sa tête sur ses oreillers. Il ne voulait pas dormir mais la somnolence était plus forte que lui. Il ferma les yeux et crut sentir autour de son corps la pression visqueuse de l'eau du canal. Des rats gris venaient vers lui en nageant de leurs pattes articulées, la moustache hérissée. Carvalho gesticulait et frappait l'eau à droite et à gauche pour échapper aux morsures. Mais il ne devait pas faire de bruit parce que ses agresseurs étaient toujours là-haut, au bord du canal, à l'affût du moindre signe qui leur prouverait qu'il était en vie.

Des coups frappés à la porte le réveillèrent. Les choses retrouvèrent leur place. Le temps reprit son cours. Il avait dormi presque deux heures depuis qu'il avait bu son jus d'orange. Il cria « Entrez ! ». La poignée de la porte tourna et sur le seuil se découpa la silhouette de M. Singel.

# 17

Dans l'ordre, ce fut la première surprise. La seconde fut l'anglais correct qu'employait Singel pour le saluer, s'excuser de son intrusion et lui demander comment il se sentait. Singel lui adressait toujours son sourire bizarre, ravi, angélique. Il continuait à le regarder comme s'il venait de découvrir un antipode enchanteur. C'était sans doute un rictus perpétuel sur son visage ou un étrange savoir-faire d'expert en relations publiques.

– Monsieur Carvalho, pour vous épargner la peine de me poser des questions, je vais tâcher de faire le point sur la situation dans laquelle nous nous trouvons. Bien entendu, vous avez deviné le rapport qui existe entre la visite que vous nous avez faite hier après-midi et le sérieux avertissement dont vous avez été victime hier soir. Un simple avertissement, ni plus ni moins. Vous savez très bien que ces jeunes gens auraient pu vous laisser au fond du canal.

La gravité du contenu ne troublait pas la sérénité de la forme. Il poursuivit sur le même ton :

– Un policier est venu vous voir tout à l'heure. J'aimerais savoir de quoi vous avez parlé.

Carvalho avait l'impression de ne pas avoir changé d'interlocuteur, ou presque. Singel l'interrogeait avec la même courtoisie que l'inspecteur et peut-être espérait-il apprendre la même chose.

— J'ai dit à la police ce que je voulais bien qu'elle sache. Et à vous je dirai ce que je veux bien que vous sachiez.

— Nous avons pensé que peut-être vos projets n'allaient pas à l'encontre des nôtres. Nous sommes intervenus un peu vite hier et peut-être cherchez-vous votre ami espagnol pour des raisons qui ne nous concernent pas.

— J'en suis absolument certain.

— Je vous écoute.

— Disons que je cherche Julio Chesma parce que quelqu'un m'a demandé de le faire. Je suis détective privé et il y a des présomptions sérieuses que Julio Chesma et le corps d'un noyé échoué sur une plage espagnole soient une seule et même personne. Un client me demande de confirmer ces présomptions. La piste d'un tatouage que portait le noyé m'amène à Amsterdam. Ici, j'apprends le nom du noyé et son adresse. Et maintenant il faudrait que je sache ce qui s'est passé entre le moment où il est arrivé dans votre hôtel et celui où son corps a été retrouvé. Je ne cherche pas à savoir ce qu'il magouillait, mais tout simplement ce qu'a été sa vie pendant toute cette période. Le reste n'a aucun intérêt pour mon client et à plus forte raison pour moi.

— Quel rapport croyez-vous qu'il existe entre votre ami le noyé et moi-même, par exemple ?

— Je peux imaginer toutes sortes de choses :

la came, la traite des Blanches, l'exportation de tulipes ou de faïence de Delft, ou alors que vous étiez tous les deux francs-maçons ou que vous faisiez partie de l'Opus Dei.

– L'Opus Dei ?

– Je me comprends.

– C'est vrai que votre ami a été en affaire avec nous. Et, bien entendu, nous ne souhaitons pas que vous grattiez trop profond. Une collaboration serait peut-être plus intelligente. Nous pourrions vous indiquer des pistes qui vous permettront de suivre la trace de cet homme, mais bien entendu ces pistes resteront en dehors des affaires que nous traitions ensemble.

– Par exemple ?

– Les femmes. Il aimait avoir des femmes mais en même temps il séparait presque toujours les affaires de ses histoires de lit.

– C'est un marché qui me paraît raisonnable.

– Vous n'avez pas le choix. Vous pourriez aller voir les flics et leur raconter notre entrevue. Je serais arrêté et vous n'y gagneriez rien, la police me connaît et j'ai des alibis à revendre. En revanche, si nous nous entendons, vous avez une chance de ne pas mourir noyé en Hollande. Mais de l'eau, il y en a partout. Et puis on peut aussi mourir au sec.

– Je comprends.

– Parfait. Je vais commencer par vous dire tout ce que je sais. Votre ami a habité le Patrice Hotel jusqu'à il y a un an environ. Il faisait un petit voyage d'affaires de temps en temps, uniquement d'affaires. Depuis un an, il s'était installé en Espagne, également pour des raisons d'affaires. Nous avons appris sa mort il y a trois jours par un circuit que je ne vous révélerai pas. Nous ne savions pas exactement comment il était mort. D'après ce que vous m'avez dit, c'est un regrettable accident. En savez-vous assez ?

– Non. Vous résumez plusieurs mois de sa vie en trois phrases. Il me faut un récit plus complet.

– Je pourrais vous donner quelques adresses, ici, à Amsterdam. Mais je ne veux pas vous voir papillonner dans toute la ville avec la police aux fesses. À Rotterdam, on pourra vous renseigner sur ce que vous cherchez. Vous pouvez vous lever ?

– Oui.

– Sortir dans la rue ?

– Oui.

– Estimez-vous heureux. Bon. Demain, allez à Rotterdam. À quinze heures, montez dans la tour du port où vous aurez la vue sur tous les quais. C'est une visite très agréable, très appréciée des touristes. Peut-être savez-vous que Rotterdam est le plus grand port d'Europe. Hambourg est plus connu, mais Rotterdam le dépasse de loin. Ne montez pas au dernier étage. Restez à celui du milieu. Allez du côté ouest, accoudez-vous à la balustrade et admirez le magnifique spectacle de l'activité du port. Je me charge du reste.

– J'espère que je ne vais pas me faire jeter du haut de la tour.

– Nous respectons les trêves et les accords.

Soudain, le ton de voix de Singel perdit son caractère calculateur ou didactique. Il prit le ton d'une conversation d'hôpital.

– Soignez-vous et vous pourrez bientôt retourner en Espagne sain et sauf. Dans quelle ville vivez-vous ?

– Barcelone.

– Jolie ville. Ma femme et moi passions nos vacances à San Feliu, un petit village de la Costa Brava. Vous connaissez l'hôtel Edenmar ?

– Il y a des milliers d'hôtels.

– C'était formidable. Maintenant nous avons changé de circuit, nous allons plutôt du côté de la Yougoslavie. Une nature sauvage, impressionnante, mais le pays n'est pas aussi organisé pour le tourisme que l'Espagne. Au fait, l'entraîneur de l'équipe de football de Barcelone est bien hollandais, non ?

– Oui, je crois.

– Michels. Un garçon épatant. Pas un grand stratège, mais inflexible. Il a fait de l'Ajax ce qu'il est, la meilleure équipe d'Europe. Il a découvert Cruyff, Neeskens, Keizer. Vous avez déjà vu jouer l'Ajax ? Formidable !

– À l'époque où j'étais à Amsterdam, ils ne savaient même pas lacer leurs chaussures.

– Maintenant ce sont les meilleurs du monde. Ils ont un jeu dynamique, rapide. J'ai un faible pour Keizer, mais la grande vedette, c'est Cruyff. Keizer est un joueur agressif, dur, rusé, génial. Comme l'Anglais Best, mais plus fort.

M. Singel s'en prit ensuite à Feyenoord, l'équipe de Rotterdam, l'éternelle rivale de l'Ajax, et ne lui fit pas de cadeau.

– Feyenoord est une équipe qui ressemble à sa

ville, elle manque de classe. Les bombardements de la guerre ont détruit le charme de Rotterdam, c'est une ville qui n'a plus aucun caractère. Amsterdam, au contraire, est une belle ville, une ville qui a du caractère.

Carvalho avait compris que Singel ne se moquait pas de lui mais qu'il avait tout bonnement changé de registre et se pliait aux nouvelles conventions avec une discipline exemplaire. Il ne fut pas étonné de le voir se lever et se tourner vers lui pour lui dire :

— N'hésitez pas à nous demander tout ce dont vous aurez besoin. Mon épouse et moi-même serons heureux de vous satisfaire. Si vous ne vous sentez pas bien à cause de la regrettable affaire d'hier soir, appelez-nous. Nous vous trouverons un médecin discret. Ce n'est pas la peine de rameuter la terre entière pour trois fois rien.

Singel le salua en portant sa main à son front et s'en alla sur la pointe des pieds, comme s'il essayait de faire le moins de bruit possible pour ne pas heurter l'hypersensibilité de l'ouïe du convalescent. Carvalho n'avait pas envie de réfléchir à la scène qu'il venait de vivre. Il avait faim et était avide d'émotions visuelles. Il sauta du lit et s'habilla.

## 18

Un homme jeune, né pour révolutionner l'enfer, abandonne un travail sûr dans une entreprise internationale et se lance dans des affaires sordides. Des affaires sordides, autrement dit le trafic, le trafic de la drogue. C'était la seule explication au rapport qui existait entre les insinuations de Singel et les descentes de police effectuées à Barcelone après la découverte du corps du noyé. Singel assure qu'il ignorait encore la mort de Chesma peu de temps avant l'arrivée de Carvalho à Amsterdam. Mais ailleurs, un petit commerçant, tapi dans son entresol, au-dessus d'un salon de coiffure anodin de Barcelone, met en marche une enquête pour connaître l'identité du mort. Le décalage était évident. Les motivations de M. Ramón étaient maintenant au centre de l'énigme. Un homme est prêt à payer cent mille pesetas pour connaître l'identité d'un noyé alors qu'il aurait pu s'informer auprès de la police. Mais M. Ramón n'avait aucune envie d'aller voir la police et ne connaissait personne qui pût frapper sans risque à cette porte.

Compléter le parcours du corps de Julio Chesma depuis le Rokin jusqu'à la plage de Vilassar. Carvalho en avait fait une affaire personnelle. Tout aussi vitale que découvrir le rôle exact que jouait M. Ramón. Il marchait en direction de Leidseplein, hésitant entre un dîner au Bali ou dans un restaurant du quartier qu'il avait parcouru la nuit précédente sur les traces de la jeune hippie. Arrivé sur Leidseplein, il entra dans la taverne où la fille avait rencontré Singel. À cette heure de la journée aussi, la taverne était pleine de monde, tant la salle que l'étage peu élevé d'où quatre ou cinq consommateurs, autour d'une unique table ronde, avaient vue sur tout l'établissement. Carvalho choisit une table adossée au mur, d'où il pouvait voir la place et son animation et observer en même temps les gestes placides des buveurs. Il avait pour voisins immédiats un couple de hippies et sa marmaille, et plus loin un paisible employé de bureau, plongé dans son journal, qui laissait retomber la mousse de sa bière. À pareille heure, on ne lui proposerait que des sandwichs, et Carvalho connaissait trop l'intransigeance de son estomac. L'ambiance de la taverne invitait à la conversation ou à la contemplation placide. Il était seul et avait envie de se distraire.

Il traversa la rue qui le séparait du cinéma et prit un billet. C'était encore la première partie. Un court-métrage hollandais intitulé *Le Salon de coiffure*. Carvalho ne savait que quelques mots de néerlandais mais il put saisir l'intrigue : il y était question de la virginité d'une apprentie coiffeuse en week-end dans la maison de campagne de son patron, en compagnie de ses camarades de travail et de leurs boy-friends respectifs. L'ambiance se fait plus animée et tous se retrouvent au lit. La vierge récalcitrante repousse les assauts portés contre sa forteresse, mais décide finalement de coucher avec son patron, qui s'était retrouvé sans partenaire. Mais, voilà, ledit patron est impuissant. Bon et paternel, il prévient la donzelle de ne pas attendre de lui ce qu'il est incapable de lui donner. Elle se calme, mais le lendemain, triste lundi, elle se réveille aussi hystérique qu'un orang-outan femelle en rut. Elle a une altercation avec sa mère, pique une crise, sort de chez elle en pleurs, téléphone à son patron d'une cabine. Le film s'achevait sans happy end, du point de vue de Carvalho. Il était en tout cas d'une vulgarité digne du sous-développement du cinéma hollandais.

Carvalho sortit dans le hall pendant l'entracte. Quelques couples jeunes, d'allure plus ou moins hippie, avaient amené leur progéniture au cinéma, en partie parce qu'ils ne savaient pas qu'en faire, en partie parce que *Fritz the Cat* était un dessin animé. Mais, dès les premières scènes du film, Carvalho conclut que la présence des enfants était probablement due à quelque volonté cachée d'éducation sexuelle. Fritz le Chat était un véritable maniaque, un marginal qui fomentait la révolution sexuelle chez les fumeurs de hasch de l'intelligentsia new-yorkaise, et la révolution sociale à Harlem. Un film d'une humeur plus massacrante encore que celle de Carvalho. Il sortit du cinéma déprimé, avec un désir de femme en même temps. Il prit la rue qu'il avait arpentée la nuit précédente, sur les talons de la jeune hippie, et choisit un restaurant grec. Il commanda de l'agneau rôti à la sauge et une bouteille de vin de Paros. Il termina avec un excellent fromage Touloumisso. Il mangeait sans y penser et son état d'esprit l'inquiéta. Les plaisirs nouveaux qui semblent constamment s'offrir dans les villes étrangères ne sont que vaines promesses : pénétrer leur géographie anguleuse, c'est découvrir l'imperméabilité des corps, la vulgarité répétée des situations et des personnes. S'il voulait faire l'amour, il devrait se résoudre à louer un corps mercenaire, ou à engager une longue escarmouche verbale au résultat incertain. L'étape de la persuasion, tout ce cérémonial préalable, l'ennuyait. Ce genre de communication devrait être automatique. Un homme regarde une femme et la femme dit oui ou non. Et inversement. Tout le reste n'est que culture.

Carvalho examina les visages du restaurant, on ne sait jamais, l'un d'eux se prêterait peut-être à son langage direct. Pas un seul visage de femme agréable. Il baissa d'un cran le niveau habituel de ses exigences et jeta son dévolu sur une femme mûre, qui dînait en compagnie d'une adolescente myope. C'était une solution d'urgence. Carvalho riva son regard sur la figure large de la dame et attendit que leurs regards se croisent. Ils se croisèrent et ce fut le signal de départ d'un sinistre badinage entre la femme et l'adolescente qui l'accompagnait, tandis qu'elle lançait de rapides œillades à Carvalho. Pepe se rendit compte qu'il était en train d'alimenter les fantasmes de la dame et sa capacité à échafauder des aventures mentales, rien de plus. Il ne faisait qu'ajouter une encoche tardive sur le pistolet de ses conquêtes platoniques. À peu de chose près, les femmes sont les mêmes partout.

Il n'aima pas qu'elle se contente d'une conquête platonique et il cessa de la regarder. Il sortit du restaurant, le nez et le palais imprégnés d'arôme de sauge. Il se mit à déambuler, sans but, et, une demi-heure plus tard, il se retrouva à la porte du Rijksmuseum. Il était allergique aux musées, peut-être pour contrebalancer d'anciens enchantements, une adoration révolue pour leur silence de cathédrale et l'extase suscitée par ces valeurs conventionnelles. Il eût donné tout Rembrandt pour un joli cul de femme ou un plat de spaghettis à la carbonara.

Il marcha vers le Paradiso. Il dut renouveler sa carte de membre, la première étant inutilisable après le bain forcé de la veille. Renonçant au chœur, il gagna l'étage supérieur par l'escalier latéral. Dans une grande pièce, quelques jeunes gens feuilletaient des magazines ou s'essayaient à composer des collages avec des pages découpées. D'autres, debout au comptoir d'un petit bar, avaient le même air las et désabusé que les gens qu'il avait vus la veille, dans le chœur. Il traversa l'hémérothèque et parvint à une sorte d'étalage où un couple plus hippie que nature vendait des gâteaux. Des gâteaux à la drogue, en un lamentable dévoiement de l'art de manger. Qu'espérer d'une jeunesse qui ne sait pas, et ne veut pas davantage, apprendre à manger ? Carvalho acheta une pâtisserie arabisante pour ne pas mourir sans avoir goûté à une nourriture infernale. Il reconnut un goût d'anis, d'amande, de farine et de quelque chose d'étrange qui pouvait être aussi bien de la sueur de jument que la divine ambroisie. Intérieurement, il envoya se faire foutre les cuisiniers de cette saloperie et poursuivit ses recherches dans les parties hautes de l'église. Dans une pièce, on projetait un film avec Gregory Peck devant une assistance tout aussi hippie, assise sur des chaises pliantes ou allongée sur le sol. *Du silence et des ombres*. Carvalho ne tint pas au-delà du quatrième tic de Gregory Peck et redescendit l'escalier vers la nef. Le même tableau, la même musique, le même psychédélisme visuel, la même puanteur au service du même néant, tandis que la police les surveillait dedans et dehors, comme un troupeau de moutons gentiment conduit à l'enclos. Il eut un instant envie de scruter la salle de son unique œil valide, au cas où il reconnaîtrait Buffalo Bill ou les deux moutons. Il pensa que, d'une façon ou d'une autre, on trompait tous ces pauvres bougres qui avaient cru entendre sonner les cloches de la libération mais ne savaient toujours pas où.

Il se leva tard. Vérifiant l'état de son œil, il observa que l'hématome avait pratiquement disparu. Plus que d'un coup, il s'agissait d'une coupure, qui apparaissait maintenant, nette, entre le sourcil et la paupière supérieure. Il essaya d'atténuer la tache de mercurochrome avec du coton. La paupière était encore enflée, mais il eût été excessif de parler d'œil au beurre noir.

Le voyage vers Rotterdam lui parut long. Contre son habitude, il avait acheté la presse, le *New York Times* et *Le Monde*. Il n'avait pas lu un journal depuis deux mois et il eut l'impression que les choses en étaient restées au même point. S'il n'avait pas eu à subir les ultimes conséquences de toutes les saloperies qu'il lisait, il aurait cru assister au spectacle donné par une bande d'abrutis et de fous, du gibier de potence, voilà ce qu'ils étaient, cette tripotée de beaux messieurs qui menaient le monde. Il n'eut même pas besoin du *New York Times*, les trois premières pages du *Monde* lui suffirent. Il préféra s'absorber dans un paysage qui se répétait sans cesse, tout comme les visages des gens qu'il contemplait. Depuis quelques heures, l'image de M. Ramón, assis de l'autre côté du bureau, lui revenait : sa peau lustrée, tavelée, l'expérience qu'il y avait dans ses petits yeux durs d'animal calculateur. Il semblait être parvenu au terme de l'itinéraire que cet homme lui avait tracé, mais il restait suffisamment de questions sans réponse pour que l'affaire le fascine, malgré lui. Le voyage à Rotterdam s'éternisait parce qu'il pressentait que la plupart des solutions aux nouvelles énigmes ne se trouvaient plus en Hollande. Et il se sentait pris par l'enquête, comme avant, lorsqu'il était pris par une énigme jusqu'à sa résolution. Bien qu'il eût mal, c'était comme s'il était guéri de son impuissance, l'impuissance à s'enthousiasmer.

La Coosingelstraat partait pratiquement de la gare de Rotterdam, qu'elle reliait au port en ligne droite. Le centre de Rotterdam avait été entièrement reconstruit après la guerre selon un tracé rationnel qui en faisait une ville neuve. Carvalho prit un taxi jusqu'au port. Il voulait faire un tour dans une de ces petites embarcations qui parcouraient les docks interminables et en profiter pour réfléchir à la logique décousue de l'affaire. Il monta sur un bateau de la compagnie Spido, plein d'écoliers bruyants qui se disposaient à découvrir autant de mondes qu'il y avait de hangars et de bassins, où des navires de toutes les nationalités étaient ancrés. La couleur de la rouille, les aquarelles blanches des coques à l'amarrage et l'embrouillamini des milliers de grues qui se préparaient à la paresse de midi se juxtaposaient. Un port vieux et efficace, qui n'avait de spectaculaire que ses dimensions et son efficacité. Un port sans les légendes de Hambourg ou de New York.

Il y avait entre Singel et Ramón la même disproportion qu'entre Ramón et Queta-Coiffure. L'odeur de pouvoir que répandait le vieux provenait d'autre chose que d'un salon de coiffure pour dames. La logique voulait qu'il appartînt au réseau dont Singel et Chesma apparaissaient comme des membres de premier plan. Singel utilisait à Amsterdam les néons de l'enseigne du Patrice Hotel comme couverture et M. Ramón en faisait autant à Barcelone avec Queta-Coiffure. Évident parallélisme entre les deux personnages. Mais qu'est-ce qui les reliait à Chesma ? Pourquoi ce dernier avait-il un visage et un nom pour les uns, et n'était-il qu'un mystère pour M. Ramón ?

Comme la petite embarcation passait à l'ombre d'un immense paquebot japonais, les écoliers, tirant sur leurs yeux avec leurs doigts, se mirent à apostropher les membres d'équipage, dans une langue inventée exprès pour l'occasion. Il y avait des dizaines de quais réservés à la casse et les voyageurs surprenaient un instant la profonde métamorphose des bateaux morts. Ils regardaient la coque rouillée ou le squelette écorché des navires avec le respect que suscite une autopsie. Les enfants eux-mêmes se taisaient comme au spectacle d'un dépeçage. Le soleil de juillet arrachait aux chemises des langues de feu blanc. Carvalho avait observé au passage les habitants de Rotterdam prenant le soleil, allongés sur les bords, larges et verdoyants, des canaux, ou s'abandonnant à la trêve de midi sur les bancs publics. Probablement Charo était-elle allée se baigner à Castelldefels ou à Sports-Piscines. Dans son métier, le bronzage était un atout appréciable, et Carvalho lui-même goûtait par contraste les parties blanches, très blanches du corps de Charo. Peut-être le vieux l'avait-il chargé de l'affaire en connaissant d'avance la réponse ? Mais alors, pourquoi ? Pourquoi tant d'intérêt pour un voyage aller-retour entre un début et une fin qu'il connaissait par cœur ?

Au retour de sa promenade dans les docks, une photographie l'attendait, prise au moment où il montait la passerelle. Il l'acheta, et se rendit à la tour de contrôle qui dominait les hangars. Conformément aux instructions qu'il avait reçues, il s'arrêta sur une vaste plate-forme, avant le dernier étage. À gauche et à droite Rotterdam s'étendait, labyrinthe de quais et de bassins, forêt de grues qui, vues d'en haut, avaient l'air filiformes, vision ajourée de dentelle mécanique d'un peintre pointilliste qui aurait eu dans les yeux l'angoisse de la nature sans vie, du commerce et de l'industrie. Bateaux verts, bleus, rouges, blancs. Bateaux noirs en partance pour le mal, aurait-on dit. Bateaux qui mettraient cap au nord, mais surtout au sud. Dans les veines de Carvalho battait le désir de la fuite.

Il était en avance sur l'heure du rendez-vous. La terrasse était pratiquement déserte. Dans un coin, un couple de Japonais se photographiait sur fond de port. C'est alors qu'il vit une femme d'une trentaine d'années qui suivait la rampe du garde-fou d'une main gantée. Elle longeait le parapet sans quitter la mer des yeux, comme si elle avait voulu garder constamment une vision totale du spectacle qui s'offrait au regard. Une paire de jumelles reposait sur son agréable poitrine. Elle avait un visage large, avec des taches de rousseur, un grand nez, une chevelure rousse et bien coiffée qui retombait sur ses épaules. Elle portait une robe verte sans manches et son bronzage paraissait artificiel, à moins qu'elle n'eût cette coloration vermillon qu'ont les roux. Ses jambes étaient appétissantes, même si ses chevilles trahissaient l'usure du temps, ou une mauvaise circulation sanguine. Carvalho la désira un instant, mais il lui parut sauvage et destructeur de commencer à désirer une femme qu'il perdrait de vue aussitôt que se présenterait celui qu'il attendait. Elle parvint à l'endroit où Carvalho était appuyé sur la balustrade. Elle devait forcément arrêter sa progression pour éviter l'obstacle. Elle s'arrêta. Elle resta là, contre le corps de Pepe. Elle tourna son visage vers celui de l'homme qui contrariait son curieux parcours. Elle remua alors les lèvres, prononçant dans un espagnol hésitant :

– Vous êtes envoyé par Singel ?

## 19

Elle se présenta : Mme Salomons. Veuve,
corrigea-t-elle. Ils prirent l'ascenseur pour redes-
cendre de la plate-forme. Tandis que l'employé
exécutait la manœuvre de freinage, la jeune femme
murmura à l'oreille de Carvalho :

– C'est vrai que Julio est mort ?

– Ça m'en a tout l'air.

– C'est horrible.

Elle semblait remuée. Précédant Pepe, elle le
conduisit à une Volvo garée au pied de la tour.
Durant le trajet jusqu'au quartier le moins neuf
de Rotterdam, ils ne dirent pas un mot. La voiture
stoppa dans une petite rue bordée d'arbres, d'où on
apercevait le canal, au coin. La jeune femme ouvrit
une porte, au rez-de-chaussée d'une maison, et ils
pénétrèrent dans une cour plantée de gazon, où une
jeune fille en bikini, des jeunes gens barbus et des
enfants très blonds, qui jouaient au ballon, prenaient
le soleil. Elle ouvrit la porte de son appartement
et Carvalho se retrouva sans transition dans une
cuisine-salle à manger lumineuse, d'où partait un
escalier vers les chambres, à l'étage. Elle fit signe

138

à Carvalho de s'asseoir sur l'un des bancs qui se trouvaient de chaque côté de la table et s'assit en face de lui. Entre eux, une table laquée de blanc, avec au milieu une corbeille d'osier pleine de fruits méditerranéens rutilants. La jeune femme était plongée dans ses pensées. Elle ne regardait pas Carvalho, les yeux obstinément fixés sur une théière en acier posée sur la cuisinière éteinte.

– C'est horrible.

– Vous le connaissiez ?

– Très bien.

Elle leva la tête pour regarder le plafond. Ses yeux étaient pleins de larmes mais son cou était blanc, large, beau.

– Très bien. Très bien.

Et elle se mit à pleurer. Carvalho s'empara d'un pamplemousse qu'on avait dû faire briller avec un chiffon. Les oranges et les citrons, pareil. La jeune femme leva de nouveau son visage, ruisselant de larmes, et Carvalho jeta un regard carnassier sur la beauté de son cou blanc. Il soupçonna un instant la jeune femme d'avoir pris des cours dans une succursale de l'Actor's Studio à Rotterdam. Elle pleurait comme Warren Beatty dans *La Fièvre dans le sang*. Le silence qui régnait avait quelque chose de théâtral, et sa tristesse se situait à égale distance entre l'effet théâtral et l'effet cinématographique. Il faut de tout pour faire un monde, se dit Carvalho en épluchant une orange avec les doigts. La veuve se leva pour aller lui chercher une assiette pour mettre les épluchures. Carvalho se rappela alors une vieille boutade d'un professeur de littérature française, Juan

Petit : « Imaginez-vous que l'homme angoissé des œuvres de Sartre, en pleine crise d'angoisse, entende frapper à sa porte. Il va ouvrir, c'est l'encaisseur du gaz. S'il peut payer, tout va bien. Il peut retourner à son angoisse métaphysique. Mais s'il ne peut pas payer, son angoisse métaphysique va se faire voir et il en a une nouvelle. » Le professeur était aussi lucide qu'angoissant, avec cet horrible fumigateur à iode dont il faisait continuellement usage pour maîtriser ses crises d'asthme.

– Excusez-moi. Je me donne en spectacle.

Carvalho fit un geste ambigu que la dame interpréta comme un crédit de temps pour sa crise. En effet, elle s'effondra de nouveau, des larmes solides, lourdes, se détachant cette fois de son visage dans un grand tremblement de tout son corps. Carvalho termina son orange et se leva pour se rincer les mains au robinet de la cuisine. À travers les carreaux, il pouvait voir les adorateurs du soleil exposant pour les sécher leurs tumeurs corporelles et spirituelles au plus ancien et solide des dieux. Il appuya ses fesses sur l'évier et contempla le tableau de la désolation que composaient la veuve Salomons et les épluchures d'orange sur une petite assiette en porcelaine de Delft.

– Vous le connaissiez bien ?

– Oui. Je vous l'ai déjà dit. Qu'est-ce que vous croyez ? J'ai beaucoup de chagrin.

– Madame, les choses arrivent quand elles doivent arriver. J'aimerais savoir certaines choses sur mon ami. Sa famille est inquiète. Elle est restée sans nouvelles pendant pratiquement deux ans. Les dernières lettres qu'elle a reçues venaient d'Amsterdam.

– Ensuite il a presque tout le temps habité à Rotterdam.

– Ici ?

– Ici.

– Il était toujours en rapport avec Singel ?

– Oui. Je ne sais pas. Je ne sais pas.

– Qu'est-ce que vous ne savez pas ?

– Je ne sais pas si son amitié avec Singel lui a été bénéfique. Elle lui a donné l'occasion de franchir le pas, vous comprenez ? Il n'était pas fait pour être ce qu'il était : manœuvre chez Philips.

– Personne n'est fait pour être manœuvre.

– Vous comprenez ce que je veux dire. Il avait une intelligence naturelle. Il était vif. Venez voir.

La veuve se leva et emprunta l'escalier qui conduisait à l'étage. Il débouchait sur un palier, aux murs tapissés de livres et de reproductions de tableaux, plus quelques vraies toiles. On passait ensuite dans une chambre également envahie par les livres, avec une table de travail placée sous la fenêtre, face au jardin où les adorateurs du soleil poursuivaient leur liturgie silencieuse.

– Il a pratiquement tout lu. Et je ne crois pas que ce soient des livres faciles. Il lisait l'anglais à peu près correctement, il avait suivi un cours intensif à Amsterdam. C'était un homme, comment dire… pas creux…

– Profond.

– Voilà. Profond. Il méditait beaucoup. Il retournait les choses en tous sens. En plus, il était rebelle.

La veuve Salomons arpentait la pièce, en se tenant les coudes dans les mains, tout en parlant de Julio

Chesma. En dix minutes, Carvalho eut à sa disposition une brillante biographie de Julio Chesma. Il était né à Puertollano, dans la province de Ciudad Real. Une ville polluée, très polluée. Elle insistait. La pollution, une pollution horrible. Orphelin, naturellement, à cause de la pollution, peut-être. Élevé à l'orphelinat, naturellement. Il avait laissé, partout où il était passé, les traces d'une révolte brutale et désespérée. La Légion, naturellement. Délits mineurs et prison, naturellement. Il s'était trouvé une fiancée à Bilbao et, pour la première fois, s'était senti en terrain sûr. Il avait suivi quelques cours du soir puis il avait décidé de quitter l'Espagne, de travailler ailleurs, de voir le monde et tout ce qu'il y avait toujours à voir au nord et au sud de partout.

– Chez Philips, ça ne pouvait pas durer. Julio était incapable de transiger avec un truc pareil.

Et la jeune veuve fit semblant d'introduire une fiche dans une horloge pointeuse.

– Vous avez été la première femme avec laquelle il a vécu, en Hollande ?

– Non, je suppose que non. Quand il a quitté Philips, il est allé à Amsterdam. Il a travaillé comme portier dans une boîte porno du quartier des vitrines.

– Portier ?

– Disons que, de temps en temps, il participait à un numéro. Et dans cette ambiance, vous savez ce que c'est, on se fait pas mal de relations. Mais elles ne sont pas toutes légales, pour dire les choses comme ça.

– Autrement dit, il est entré en contact avec des gangsters.

– Je n'irais pas jusque-là. Singel m'a dit que vous étiez déjà au courant. Je ne considère pas qu'un trafiquant de drogue soit un gangster. Enfin, ça dépend de la drogue, bien entendu. L'héroïne, ou la cocaïne, ou l'opium, ces drogues-là, c'est criminel.

La veuve parlait sans le regarder. Elle avait juste assez d'idéologie pour justifier sa propre existence. Comme tout un chacun.

– Chesma vous a rencontrée par l'intermédiaire de Singel ?

– Non. C'est le contraire. C'est moi qui ai connu Singel et tout le reste par l'intermédiaire de Julio. Il y a deux ans. Il avait obtenu je ne sais trop comment une autorisation pour manger au Centre des artistes. C'est pas cher, et on y mange bien. J'y vais souvent. Je travaille à l'organisation des festivals d'art de Rotterdam, au Doelen, près de la gare. Nous nous sommes connus au restaurant du Centre. J'ai tout de suite été fascinée par l'écart qu'il y avait entre ce qu'était ce garçon et ce qu'il pouvait être.

– Et vous êtes entrée dans l'organisation.

– Singel m'a dit de ne répondre à aucune question à ce sujet.

Elle était maintenant sur la défensive.

– Je voudrais savoir si Julio avait assez de pouvoir pour vous compromettre dans quelque chose d'illégal.

– J'ai fait quelques petites choses, très peu. Surtout pour que ce ne soit pas lui qui les fasse. S'il s'était fait prendre, c'était l'expulsion, ou la prison. Vous imaginez Julio en prison ?

– J'imagine n'importe qui en prison.

– Il y a des gens qui ne le supportent pas.

– On pourrait les compter sur les doigts d'une seule main et il y a environ trois milliards d'habitants sur cette planète. En fait, le monde se divise en deux catégories : ceux qui vont en prison et ceux qui sont susceptibles d'y aller. Voilà la clef du succès des hommes politiques, ici et partout.

– Il y a des gens qui ont une sensibilité particulière. C'était le cas de Julio.

– Méfiez-vous des sensibilités particulières. Elles sont capables de nettoyer les latrines dans la prison la plus dégueulasse.

– Vous ne deviez pas le connaître beaucoup.

– Continuez. Julio arrive, vous vous plaisez. Vous vous voyez régulièrement. Il vous initie aux choses de la drogue. Vous à celles de la littérature. C'est un échange productif. Vous gagnez de l'argent et lui se forme.

– Je n'ai rien gagné, jamais, pas un florin ! Tout ce que j'ai fait, c'était pour lui éviter des ennuis.

Sa rage n'était pas feinte, et c'était bien l'intention de Carvalho de provoquer cette femme, capable de jouer un rôle sans même s'en rendre compte.

Dans le lit rouge et blanc se trouvait le secret de la séduction. Là, dans ce lit, vaste, accueillant, le reste n'était que littérature, ou masque idéologique pour donner un visage au squelette du plus primaire des intérêts.

## 20

La veuve s'était assise sur le lit. S'abandonnant un peu elle avait étiré ses jambes, sa jupe s'était relevée presque jusqu'à l'aine et Carvalho apprécia la consistance que cette chair offrait au regard.

– Il restait de plus en plus longtemps à Rotterdam. Il a fait deux ou trois voyages en Espagne, avant d'y retourner définitivement.

– Vous ne savez pas d'où lui était venue l'idée du tatouage qu'il portait ?

– Non. Mais c'était peut-être comme une maxime, une devise personnelle. Il s'embarquait toujours dans des histoires qui se terminaient mal. Il avait été rejeté de partout, continuellement. C'était un meneur. Un vrai meneur.

– Pourquoi est-il retourné définitivement en Espagne ?

– Il n'était pas sûr que ce soit définitif. Notre amour s'est éteint peu à peu.

– De votre part aussi ?

– Non.

Un « non » étouffé, comme brûlé à la flamme encore vive du désir.

– Non, répéta-t-elle. Je l'aimais encore. Je l'aimais. Mais l'amour toujours, ce n'était pas son genre.

– Vous avez des enfants ?

– Un seul.

– Pensionnaire dans un collège ?

– C'est Singel qui vous l'a dit ?

– Non. Mais c'est logique.

– Mon fils n'aurait pas compris, pour moi et Julio. Julio ne voulait pas que je le mette en pension, mais il n'y avait pas d'autre solution. L'appartement n'est pas grand.

– Et l'enfant va revenir vivre avec vous ?

– Je me suis habituée à vivre seule. Lui aussi. Il est très heureux, n'allez pas croire. Et puis, je suis encore jeune.

– Est-ce que Julio vous a parlé parfois de choses précises en Espagne ? De personnes précises ?

– Non. Il aimait mieux pas. Il m'écrivait des lettres sincères, il me racontait les autres femmes, mais sans dire leur nom.

– Il vous écrivait encore, ces derniers temps ?

– Moins.

– Vous avez toujours les lettres ?

– Quelques-unes, peut-être. Au début je les ai gardées, et puis j'ai eu peur que mon fils ne les trouve. Il passe les week-ends avec moi. Ce sont des lettres très intimes.

– Je peux en lire une ou deux ?

– Je regrette. Ce sont des lettres très personnelles.

– Rien qu'une, où il donnerait un détail qui pourrait me guider sur ce qu'il faisait, les gens qu'il voyait, avec qui il était en rapport.

– Il ne donne jamais de noms.

– Mais s'il vous parle des femmes qu'il rencontrait il est bien obligé de donner des détails réels…

– Non. Jamais. C'est une habitude qu'il avait prise, par mesure de sécurité.

– Une adresse, au moins.

– Oui, d'accord.

Elle se leva pour fouiller dans les tiroirs de la table. Elle choisit une enveloppe qu'elle tendit à Carvalho. Une écriture soignée, excessivement respectueuse de la règle des pleins et des déliés de la calligraphie scolaire, mais avec des pleins et des déliés synthétiques, avilis par le stylo à bille. Il nota le nom et l'adresse de l'expéditeur : *Teresa Marsé. 46, avenue du Général Mitre, Barcelone.*

– D'Espagne, quels liens avait-il avec l'organisation ?

– Je ne peux pas répondre à cette question.

– Je veux parler des liens personnels, pas de travail. Si Singel ou les autres continuaient à lui faire confiance.

– Complètement. Singel a eu beaucoup de peine, il s'est fait beaucoup de souci quand il a appris la mort de Julio. Une mort si horrible !

Elle se remit à pleurer. Elle regarda Pepe à travers ses larmes.

– Vous avez vu le cadavre ? demanda-t-elle.

– Non.

– C'est vrai qu'il n'avait plus de visage ?

– C'est ce qu'on a dit.

– Si ça se trouve, ce n'était pas lui. L'identification a été confirmée ?

Il est possible de dessiner rapidement un tatouage. De remplacer un corps, aussi. Peut-être n'était-ce pas Julio Chesma. Carvalho avait maintenant devant lui non pas la douce veuve, mais M. Ramón. Que voulait-il savoir ? L'identité d'un mort ou la confirmation d'une identité ?

– À aucun moment Julio ne vous a donné d'indication sur ses contacts actuels à Barcelone ?

– Ne remettez pas ça sur le tapis. C'est quelque chose dont je ne peux pas parler. De toute façon, je ne sais pas. Je ne sais rien.

– Il a pu s'agir d'un règlement de comptes.

– Singel y a pensé et il est très préoccupé.

La veuve était debout. Elle avait perdu de sa douceur et elle regarda sa montre. Souvent, on avait eu moins d'égards pour demander à Carvalho de prendre le large.

– Il faut que je m'en aille, déclara-t-il en prenant la pose de celui qui part.

– Vous savez tout ce que vous vouliez savoir ?

– Tout, non. Mais le cercle se referme.

– Et où est-ce qu'il vous mène ?

– Au point de départ. C'est la surprise que réservent les cercles, en général.

Il descendit l'escalier devant la veuve, parce qu'il avait appris qu'il était bien élevé de monter les escaliers derrière les dames, et de les descendre devant. Une règle dont lesdites dames ne saisissaient pas toujours l'esprit, ou qu'elles ne connaissaient pas, et, plus d'une fois, ce qui était le signe d'une bonne éducation avait été interprété à l'envers. Mais la veuve Salomons était bien élevée et elle eut même un sourire en acceptant que Carvalho la précède. Pepe se demandait s'il devait lui tendre la perche, lui faire un appel du pied dragueur ou rester dans le ton de funérailles *in memoriam* de l'amant perdu. Il lui aurait suffi de dire : « Je regrette que nous nous soyons rencontrés dans des circonstances aussi dramatiques. Vous avez quelque chose de prévu, ce soir ? » Mais sur son visage, un sourire repoussait les suggestions du cerveau : lorsqu'il se retourna vers la jeune veuve, il s'était composé le faciès d'entrepreneur de pompes funèbres interrogeant la veuve sur la qualité du service rendu.

— Je regrette de vous avoir fait passer un mauvais moment. Il y a des souvenirs qu'il vaut mieux oublier.

La tête de la veuve s'inclina sur sa poitrine. Carvalho redouta une nouvelle crise de larmes, mais le visage se levait et les yeux humides souriaient avec une sérénité troyenne devant la fatalité du destin et de la mort. Carvalho jeta un dernier regard sur le corps de cette Troyenne meurtrie mais prête à poursuivre sa quête d'amants régénérables par la culture, hypersensibles et bons guerriers au lit, et cela aussi longtemps que le lui permettraient la consistance de ses chairs et le velouté de sa peau.

# 21

L'agent avait répondu qu'il ignorait si Kayser se trouvait dans les locaux. Une minute plus tard, l'inspecteur rubicond qui lui avait rendu visite à deux reprises à son hôtel entra dans le bureau. Kayser était là et ne tarderait pas. Il offrit de nouveau à Carvalho l'un de ses cigarillos cure-dents. Carvalho ne fumait habituellement que des cigares poids lourds, mais il accepta parce qu'il raffolait des amuse-gueules.

– Vous avez quelque chose d'intéressant pour Kayser ?

– Mon départ. Je m'en vais demain matin.

– Intéressante nouvelle. Vous nous avez causé bien du souci, monsieur Carvalho.

– Sans raison. Je suis venu en simple touriste.

– Je vois que votre œil va mieux. Il y a eu deux agressions hier, dans le quartier des vitrines.

– Un quartier tranquille, on dirait.

– À première vue.

La porte vitrée s'ouvrit, un bras apparut d'abord puis un homme aux cheveux blancs pénétra dans le bureau, aussi colossal que le géant rubicond, et dont il émanait une énergie qui polarisait toutes les attentions, à la façon de ces acteurs qui captent tout sur scène et écrasent leurs partenaires. Kayser entré, Carvalho oublia l'autre inspecteur. Il ne se rendit même pas compte qu'il était encore dans la pièce, assis dans un coin, observant comme aux premières loges la fausse cordialité qui régnait entre Kayser et Carvalho.

– Je ne vous aurais pas pardonné d'être parti sans venir me voir. Ne serait-ce qu'en souvenir du bon vieux temps. D'après ce que m'a dit l'inspecteur Israël, vous ne travaillez plus pour les Américains. Vous êtes indépendant. Ça rapporte davantage ?

– Se mettre à son compte, c'est une aspiration latente chez tous les Espagnols. Disons que je travaille à ma guise, je n'ai personne au-dessus de moi, sauf le client.

– Ce n'est pas la meilleure façon d'exploiter votre talent. J'y ai beaucoup réfléchi, ami Carvalho, et je suis convaincu qu'ici, à Amsterdam, vous pourriez nous rendre d'immenses services. Vous avez laissé un bon souvenir, et bien des gars travaillant dans le secteur ont appris les rudiments du métier grâce à vous.

– Je m'en réjouis.

– Maintenant, il s'agirait d'autre chose. Savez-vous combien de travailleurs espagnols il y a en Hollande ? Plus de vingt mille. Nous avons pour préoccupation de faciliter leur séjour ici, mais ce n'est pas toujours simple. Ils ont une mentalité étrange. Nous n'avons pas une approche assez fine. Vous pourriez exiger, officieusement bien sûr, la création d'un département chargé d'exercer une surveillance discrète sur vos compatriotes, une surveillance protectrice. Le passage d'un pays aussi coincé que le vôtre à un pays permissif les perturbe. La société, ici, est de type permissif, comment disent les sociologues aujourd'hui. Avez-vous abandonné définitivement la sociologie, monsieur Carvalho ?

– J'en vis.

– C'est une métaphore ?

– C'est possible. Vous diriez quoi, vous ?

– Que c'est une métaphore. Et très heureuse. Croyez-vous qu'un policier comme moi ne soit pas aussi un sociologue ?

Kayser obtint l'assentiment de l'inspecteur Israël, qui vint du fond de la scène pour réciter son texte sous les feux de la rampe :

– Fort juste. Un sociologue et un psychologue.

– Vous voyez ? Une société permissive comme la nôtre peut provoquer une certaine confusion des esprits chez vos compatriotes. Ils se retrouvent avec le sexe et la politique à portée de main.

– Le sexe est cher pour les immigrants.

– Justement. Ils l'ont à portée de main mais ils ne peuvent pas toujours y toucher. Ce qui provoque des frustrations déplorables, qu'il ne nous appartient malheureusement pas de faire disparaître. Reste la question politique. Vous savez qu'en Hollande il y a une très large tolérance à l'égard de toutes les prises de positions politiques, à condition qu'elles n'empruntent pas de voies anticonstitutionnelles. Nous avons même des trotskistes, monsieur Carvalho. Mais un trotskiste hollandais a l'indéniable avantage d'être né en Hollande. Il est hollandais avant tout, et son comportement en tant que trotskiste ne passera pas les bornes de ce qui est autorisé. Mais un Espagnol trotskiste, ou anarchiste, ou même communiste, vous l'imaginez en Hollande ? Vous l'imaginez en train de faire du prosélytisme, parmi vos compatriotes affamés de politique s'entend ? Nous sommes obligés de surveiller bien davantage un Espagnol, un Turc ou un Grec politisé qu'une centaine de Hollandais. Vous pourriez faire un travail passionnant. D'abord classer les idéologies et les attitudes. Les quantifier. Nous aurions ainsi une vue exacte de l'évolution idéologique de vos compatriotes et, à partir de là, nous pourrions éviter les débordements, éviter qu'ils ne se causent du tort à eux-mêmes en essayant d'agir dans un contexte aussi peu favorable.

Carvalho accepta machinalement le nouveau cigarillo qu'Israël lui tendait par-dessus son épaule. Kayser continuait à parler, mais Carvalho avait opéré un blocage mental et pensait à autre chose, se souvenait, imaginait, en partant des pistes qu'ouvrait pour lui le discours de Kayser. Il se rendit compte que l'inspecteur ne parlait plus et attendait, souriant, ouvert, sa réponse.

– Non. Ça ne m'intéresse pas. Je préfère mon travail d'artisan. On me charge de retrouver une épouse adultère, un parent disparu. D'apporter la preuve de la trahison d'un associé. C'est tranquille. Les idées, la politique, toutes les choses importantes, transcendantales, peu pour moi. C'est bon pour les spécialistes, admirables, sûrement, ou pour les idéologues. Moi, je ne suis ni l'un ni l'autre. Je travaille pour vivre et les avancées technologiques de ce métier me laissent indifférent. Je ne lis même pas de livres là-dessus. J'ai beaucoup changé. Quant au reste, le trotskisme, l'anarchisme, le communisme me laissent froid, autant que la société permissive. Je ne suis pas neutre, je suis aseptique.

– Vous avez tort. Nous n'avons pas l'intention d'étouffer la liberté politique toute neuve de vos compatriotes. Nous cherchons simplement à la canaliser.

– Étouffez-la, ou canalisez-la, mais sans moi. J'ai quitté la CIA au moment où s'ouvrait devant moi un brillant avenir. J'avais presque dix ans de service, à ce moment-là, et un poste important allait se libérer en Colombie, un poste très important. Mais j'ai dit non, et je suis parti. J'avais vécu la grande vie et je n'avais pas un sou de côté. Maintenant je fais des économies, je vais sur mes quarante ans et il faut penser à la vieillesse.

Kayser riait avec une sincérité à peu près crédible.

– Vous avez tort. Il faudra bien que quelqu'un accepte de faire ce travail, et ceux qui ont votre habileté, vos connaissances, se comptent sur les doigts de la main. Vous n'ignorez pas la différence qu'il y a entre le simple flic et celui qui est capable d'allier la théorie à la pratique. Un formidable professionnel, un humaniste. En revanche, les obsédés de la pratique, vous les connaissez. Vous préférez que vos compatriotes tombent entre leurs mains ?

– Je n'ai pas de compatriotes. Je n'ai même pas un chat.

Kayser riait à nouveau. Il s'était levé, imité par Israël. Carvalho reçut le message. Kayser l'accompagnait jusqu'à la porte lorsque tout à coup, se frappant le front, il le prit à part dans un coin du couloir qui menait à la sortie.

– J'oubliais de vous demander des nouvelles de votre santé. Israël m'a appris, pour l'accident. Vous voyez que nous n'avons pas posé de questions embarrassantes. Nous avons respecté notre vieille amitié. Mais ce sera différent la prochaine fois.

Kayser ne s'était pas départi de son sourire, ni de son amabilité.

– Mettez-vous à notre place, poursuivit-il. Vous auriez pu laisser votre peau dans ce canal, et nous aurions eu bonne mine devant nos supérieurs.

– Je suis venu en touriste.

Ils se remirent en route vers la sortie.

– Nous sommes tous de passage, ami Carvalho, toujours.

Il serra la main d'Israël, celle de Kayser, et sortit du commissariat, tenaillé par une envie. L'envie de retrouver la rue et d'absorber jusqu'au bout la lumière qu'Amsterdam lui offrait, de jouir de cette journée de retrouvailles avec des endroits, des impressions, exactement comme un touriste qui revient en un lieu qu'il a su comprendre.

## 22

Le mutisme de son voisin ajouté à une certaine lassitude due à l'accumulation des événements en si peu de temps fit de son voyage de retour une méditation. Aussitôt qu'il eut posé le pied sur l'aéroport de Barcelone, ses mouvements obéirent à un plan préétabli. Le moment était mal choisi pour appeler Charo, c'était son heure de pointe. Lorsqu'elle était avec un client, elle ne répondait pas au téléphone. Il eut de la chance. Charo prit le combiné.

– C'est moi. Je voudrais que tu montes chez moi ce soir. À n'importe quelle heure. Je ne peux pas passer.

– Ça tombe mal.

– Je t'attends. Je t'ai rapporté quelque chose.

– Qu'est-ce que c'est ?

– Viens et tu verras.

Sa voiture était restée au parking de l'aéroport. Il n'avait passé que trois jours hors de la ville et il avait l'impression de rentrer après une longue absence. C'était le premier être proche qu'il retrouvait. Il fut surpris d'être capable d'éprouver une certaine tendresse pour cette machine. Puis, à mesure qu'il traversait la ville en direction du Tibidabo, les retrouvailles lui causèrent de moins en moins d'étonnement. Encore une fois, le paysage lui collait à la peau comme un vêtement familier et achevait de le rendre à ses repères habituels. Il n'y avait que des prospectus dans la boîte à lettres. Il les laissa dedans pour qu'ils puissent profiter de la fraîcheur du soir. Il éprouvait un besoin urgent de se mettre à l'aise et de faire du feu dans la cheminée. Il ouvrit les fenêtres pour que l'humidité de la nuit de juillet compense la chaleur de la flambée. La question du papier pour faire prendre le feu se posa de nouveau. Il avait dans sa poche, soigneusement plié, un numéro de *Suck*, mais il ne voulait pas le sacrifier aussi vite, alors qu'il avait réussi à lui faire passer la douane. Il préférait brûler un livre et, les yeux fermés, il attrapa un exemplaire du *Quichotte*, des éditions Sopena. C'était un ouvrage contre lequel il gardait une vieille rancœur et il se délectait d'avance à l'idée qu'il le destinait au bûcher ; son seul regret venait, tant pis, des illustrations qui accompagnaient les aventures de cet imbécile.

En manches de chemise, il édifia un curieux échafaudage de petit bois et de bûches, plaça le *Quichotte* au-dessous, les pages ouvertes, et il y mit le feu. La scène lui rappela un vieux conte d'Andersen dans lequel le lecteur assiste avec angoisse à l'évolution d'une fleur de lin de sa naissance jusqu'à sa mort, devenue livre et brûlée dans une joyeuse cheminée de Noël. Il lui restait encore plus de trois mille cinq cents volumes sur les étagères, autant de barreaux de prison. De quoi faire trois mille cinq cents flambées pendant dix ans.

Il sortit de sa valise la tunique chinoise de Charo et la posa sur un fauteuil. Il y avait dans le réfrigérateur de la morue sèche, des petits pois en boîte, des poivrons, des tomates, de la poitrine salée de porc. Il pouvait confectionner un magnifique riz à la morue, un plat que Charo aimait particulièrement. Dans un tiroir du frigo, il trouva de la soubressade. Une tranche de cette grosse saucisse épicée se marie bien avec les autres ingrédients du riz à la morue. Il y avait suffisamment de bière à la cave et, en plus, Carvalho avait acheté quatre boîtes de bière hollandaise à l'aéroport d'Amsterdam. Il sortit également de sa mallette un saumon fumé, acheté moitié moins cher qu'en Espagne. Il se mit à préparer des canapés en guise de hors-d'œuvre. Il hacha de l'oignon avec des cornichons et des câpres. Il fit une pâte avec ce hachis en y incorporant du beurre, puis il en recouvrit du pain noir coupé fin. Il disposa par-dessus les tranches de saumon fumé.

Il entendit la voiture de Charo alors qu'il s'apprêtait à mouiller un linge et à le placer sur la cuisinière. Il reposa la casserole d'eau bouillante contenant le riz par-dessus afin que, tandis que le riz gonflait, les grains éventuellement collés au fond se détachent. Charo le surprit qui s'essuyait les mains à un torchon.

– Curieux. En pleine cuisine. Avec du feu dans la cheminée. N'importe qui verrait du feu dans la cheminée au mois de juillet…

– Je réfléchis mieux.

– Et tu vas réfléchir cette nuit ? C'est pour ça que tu m'as fait venir ?

Il décela une certaine affabilité érotique sous l'apparente dureté de Charo.

– Je t'ai fait du riz à la morue.

– C'est déjà mieux. Oh ! Tu t'en es acheté une.

Presque en extase, Charo montrait la tunique chinoise.

– Pas pour moi.

Charo s'en était emparée et l'examinait sur toutes les coutures.

– Pour moi ?

– Pour qui veux-tu que ce soit ?

– Merci, généreux de ta part.

Et elle lui appliqua deux baisers sonores, humides, parodiques, en pleine bouche. Carvalho perçut le tam-tam du désir. Mais il analysa froidement le dénouement fatal qui attendait sa cocotte de riz s'il avançait leurs jeux érotiques et retardait le dîner. Il n'y avait simplement qu'à accélérer le mouvement.

Le riz mérita les applaudissements de Charo, qui s'était déjà dévêtue et ne portait plus que la tunique chinoise.

– Elle vient de Pékin ?

– Regarde l'étiquette.

– Non, mais je veux dire, elle est vraiment chinoise ?

– De Hong Kong.

– Tu as raison.

Charo avalait la nourriture comme un adolescent en pleine croissance. C'était une des choses que

Carvalho appréciait chez elle. En vérité, un être humain que la nourriture laisse indifférent ne saurait être digne de confiance. Charo sut trouver le moment juste pour cesser de manger et commencer à aimer. Carvalho se sentait même vaguement amoureux d'elle, mû sans doute par la sécurité du résultat, si éloigné de cette quête problématique de l'amour des voyages dans des villes qui n'offrent jamais l'aventure attendue.

Ils s'étendirent sur le tapis devant le feu. Carvalho répondait brièvement aux questions de Charo sur la Hollande. Il le fallait bien s'il voulait qu'elle se soumette ensuite à l'interrogatoire qu'il tenait prêt.

– Qu'est-ce que tu as à l'œil ? On dirait un coup de griffe.

– C'est un coup de poing.

– Eh bien, on dirait un coup de griffe.

– Où vous en êtes, ici ?

– Pire qu'avant. Ils ont tout fermé, tout. Les hôtels, les bars, tout. Il y a des centaines de filles à la prison de la Trinité, ils en ont emmené d'autres à Alcalá de Henares. Il y a eu beaucoup d'arrestations. Beaucoup.

– Tes amies sont toujours chez toi ?

– L'Andalouse, oui. L'autre s'est fâchée après ce que tu as fait à son fiancé, elle est allée ailleurs. Méfie-toi de ce garçon. Il n'est pas méchant, mais il n'a pas l'habitude de se laisser marcher sur les pieds.

– Tu as retrouvé la Pommade ?

– Ils l'ont mise en taule au début. Avant le coup de filet.

– Il faut que vous me rendiez un service. Pas toi, ton amie. Si c'est toi qui y vas, ils pourraient te reconnaître et se méfier. Tu te fais coiffer chez Queta ?

– Qui ? Moi, chez Queta ? Pas de danger. On en ressort avec la tête comme un plumeau. Je vais chez un bon coiffeur. Un coiffeur de l'avenue Mistral. Il n'a pas la réputation d'un Llongueras, par exemple, mais il ne fait pas n'importe quoi. Regarde comme c'est joli.

– Ravissant.

– Mais regarde, Pepe, enfin. Regarde ce mouvement. Tu crois que la Queta peut en faire autant ?

– Écoute. Je voudrais que ton amie aille au salon et qu'elle regarde. Rien de plus. Qu'elle fasse attention à ce qu'elle voit. Qui entre. Qui sort. Ce que dit Queta. Ce qu'elle fait. Bouboule, qu'elle s'intéresse aussi à la grosse. Et à don Ramón. Qu'est-ce qu'on dit sur Queta et son mari, dans le quartier ?

– On n'en parle pas beaucoup. C'est déjà bizarre en soi. Lui, c'est pas n'importe qui, à ce qu'on dit. Il aurait été marié, famille bien, et il a tout laissé tomber pour Queta, et il n'était déjà plus tout jeune. Mais on ne sait pas s'ils s'entendent bien ou pas.

– Je veux que l'Andalouse me répète tout ce qu'elle verra. Qu'elle ne pose pas de questions surtout. Elle se contente de regarder et de me raconter ensuite. Ah si, quand même. Qu'elle demande leurs horaires aux filles qui travaillent là-bas, et où elles habitent.

# 23

D'après la concierge, Mlle Marsé n'était jamais chez elle avant six heures du soir. À ce moment-là, on était sûr de la trouver parce que le gosse sortait de l'école, et rentrait en bus, et elle revenait toujours pour le récupérer, le baigner, lui préparer à dîner, enfin, tout ça, quoi. Le gamin passait les week-ends avec son père et ses grands-parents paternels, ajouta la concierge de sa propre initiative, afin que Carvalho eût toutes les données en main. Mais les cinq jours de semaine, il les passait avec sa mère. Maintenant, si c'était pressé, s'il avait besoin de contacter tout de suite Mlle Marsé, il la trouverait au magasin. Une boutique moderne, vous savez, rue Ganduxer. Une rue plus loin, quoi. La boutique, poursuivit la concierge, toujours pour aider Carvalho à se faire une idée, elle l'avait déjà du temps de son mari. Du côté de la famille du mari, il y a de l'argent. Du côté de sa famille à elle aussi. Mais moins.

Carvalho n'avait plus besoin de la concierge et il s'en dépêtra, non sans brusquerie.

– Vous êtes de la protection des mineurs ? C'est

une excellente mère, je vous préviens. Le gosse a tout ce qu'il lui faut. Et il tient à sa mère !

– Non. Je ne suis pas de la protection des mineurs.

La boutique s'appelait Trip, et son architecte avait fait appel à un efficace mélange de styles, nouille, marocain et népalais, peut-être à sa place dans un établissement de ce type quelque part à Strasbourg, mais dans la rue de Barcelone où elle était installée, véritable îlot de propreté, vaste, avec ses jardins qui avaient survécu à la spéculation, la boutique avait l'air de remplir une mission. Celle de déguiser un pourcentage indéterminé des bourgeoises du quartier et de leur donner une chance de changer de peau. Mais ce changement du décor de la cage où se cloîtrait leur âme, ce rejet de la ligne droite du fonctionnalisme définitivement assimilé par la bourgeoisie, n'était que l'adoption fugace des couleurs et de la texture d'une autre cage, plus proche des vraies cages hindoues. Au moins, Trip permettait à la bourgeoisie de la ville de se travestir comme à Strasbourg et à peine moins qu'à Paris, à Londres ou à San Francisco.

Teresa Marsé portait l'un des accoutrements qu'elle vendait. Son apparente rougeole était en fait un soigneux réseau de fausses taches de rousseur, et, autour de son visage de poupée aux yeux bleus, la flamme de l'inévitable perruque blonde à la Angela Davis se consumait avec éclat. Les formes incertaines de son corps étaient dissimulées sous une tunique de viscose sous-développée bleu pâle, ornée de broderies made in Marrakech. La jeune femme avait ce savoir-faire de geisha grâce auquel les jeunes bourgeoises émancipées ont pu reconvertir leur dévouement prénuptial dans des boutiques de consolation à leur existence ratée. La coutume ancestrale et barbare qui consistait à obtenir pour une jeune fille déshonorée un bureau de tabac s'était infléchie doucement jusqu'à cette nouvelle habitude qui voulait qu'on remise les femmes mal mariées sujettes à l'angoisse métaphysique dans une boutique de fringues. Teresa Marsé avait eu un mari qui avait su la comprendre et lui acheter une boutique. Carvalho conclut que cette geisha en djellaba n'était au fond qu'une paumée et il alla droit au but :

— Je cherche un certain Julio Chesma. Un ami commun à Amsterdam m'a donné votre adresse.

Le visage de poupée de Teresa Marsé se défit. Il devint l'incarnation de l'anxiété et du doute. Où était Julio ? Il ne donnait plus signe de vie depuis au moins deux semaines. Les autres fois, il disparaissait même plus longtemps, mais il appelait de temps en temps.

— J'en sais encore moins que vous. Je cherche à le voir parce que j'ai un message urgent pour lui. Je viens d'arriver d'Amsterdam et il faut que je lui parle. Quelque chose ne tourne pas rond. Vous voyez ce que je veux dire.

— Qu'est-ce que vous voulez dire ?

— Vous n'êtes pas au courant des activités de Julio ?

— Il importe du fromage de Hollande.

Carvalho reçut le coup de poing verbal en plein dans l'estomac de l'âme. Il réprima un éclat de rire et afficha sur son visage une ambiguïté soupçonneuse. Teresa Marsé scrutait son visage et interpréta cette ambiguïté comme un message de mauvais augure.

– Il est arrivé quelque chose à Julio, affirma-t-elle.

Carvalho choisit une sincérité relative :

– Je crois que vous pourrez m'aider si je vous mets au courant de ce qui se passe. Mais ce n'est sans doute pas le lieu. Nous déjeunons ensemble ?

– Je suis prise. Mais je vais m'arranger. Nous irons dans le quartier. J'ai des essayages avant d'ouvrir le magasin cet après-midi, et à six heures je dois être à la maison. N'importe où.

Ce dont Carvalho avait horreur. En bon Galicien, il s'adapta aux circonstances et ils convinrent de se retrouver deux heures plus tard dans une cafétéria de la rue Muntaner. En face du Bocaccio, précisa Teresa Marsé comme point de repère indiscutable. Carvalho se dit que, dans la débâcle, il y avait toujours quelque chose à sauver. Il s'agissait en l'occurrence d'une boutique exemplaire de produits italiens, où il achèterait de quoi concocter un dîner magnifique qui le consolerait de l'horreur du « n'importe où ». Il s'y rendit et, l'œil acéré, contempla d'abord les pâtes fraîches exhibées en vitrine, hésitant entre les *fetucchini* et les *cappelleti*. Une fois à l'intérieur, il abandonna la lutte pour la première place à des acheteuses évidemment pressées. Il examina les étagères de bouteilles, dans l'espoir d'y trouver un marcelli. Lorsqu'il en eut repéré un, il pénétra du regard les moelleux petits tas de *cappelleti*. Son choix était fait. Il examina encore le jambon de Parme, la mozzarella, les pots de sauce. Son repas était maintenant au point en imagination et il passa sa commande sans la moindre hésitation.

La proximité imaginaire du dîner à venir devait lui être d'un grand secours au cours des heures suivantes. En matière de nourriture, Teresa Marsé se révéla égale à ce qu'il avait craint. Elle appartenait à cette couche de la société qui, gavée de canard à l'orange à dix ans et tôt imprégnée de bon vin, en perd le goût de manger, au point de mettre, dans l'écœurement que provoque la certitude d'avoir atteint les sommets, sur le même rang le gros rouge et un château-lafite 1948. C'est dans cet état d'esprit seulement qu'on peut attaquer un repas de cafétéria composé d'artichauts en conserve et d'un quart de poulet rôti avec des frites. Carvalho essaya inutilement la persuasion par l'exemple et commanda d'élémentaires œufs au bacon, mais des œufs frits, précisa-t-il, vraiment frits, inutile de m'apporter des œufs coagulés dans une poêle sans huile, ils seraient transformés sur-le-champ en casque de sécurité pour serveur de cafétéria. Il insista pour que la carafe de rouge soit remplacée par un paternina 1968, le seul à circonscrire l'intervention de la chimie dans de justes limites de prix.

Teresa observait ses angoisses de convive avec une irritante supériorité. Par-dessus le marché, elle mangeait à peine. Elle laissa la moitié de son quart de poulet en plastique et ne toucha pas aux frites.

– Vous êtes au régime ?

– Pas du tout. Il m'arrive de bâfrer comme une bête. J'achète deux kilos de pêches et je n'arrête plus.

– Vous vous nourrissez sainement, à ce que je vois.

Teresa recentra la conversation devant un double café noir qu'elle prit sans sucre, s'accordant en cela au goût de Carvalho. Elle avait toujours soupçonné que Julio se consacrait à d'autres activités. Le fait même d'utiliser son adresse pour recevoir de la correspondance. Carvalho lui expliqua en quoi consistait le travail de Julio.

– Pourquoi ne m'en a-t-il rien dit ? Je m'en fiche, moi. Je n'y comprends rien. Vraiment, vous n'en savez pas plus ? Il lui est arrivé quelque chose ?

– Il pourrait lui arriver quelque chose. Il faut absolument le retrouver.

– Je ne peux pas vous aider.

– Où habitait-il ?

– Je n'en sais rien.

– C'est difficile à croire. Vous deviez bien vous rencontrer quelque part hors de chez vous.

– Et pourquoi pas chez moi ?

– Et le scandale ? Je suppose que votre mari est tolérant, mais pas au point d'accepter que vous receviez vos amants dans l'appartement où habite votre fils.

– Comment savez-vous tout cela ?

– C'est Julio qui me l'a dit.

– C'est faux. C'est la concierge qui vous l'a dit. J'ai parlé avec elle et elle m'a tout raconté. Elle a cru me rendre service parce qu'elle pensait que vous étiez un espion de mon mari.

– Bon. C'est sans importance. Où vous rencontriez-vous ?

– Mes parents ont une maison inoccupée. Pas très loin d'ici. À Caldetas. Au bord de la mer.

– Je sais où est Caldetas.

– C'est là que nous allions. Mes parents n'y vont plus. Ils veulent vendre la maison mais ils n'arrivent pas à se décider. Je me demande s'ils n'ont pas oublié qu'ils la possèdent encore. C'est là que nous nous voyions. Nous n'avions pas besoin de mon appartement ni de celui de Julio.

– Vous lui connaissiez des relations ? Des amis ? Des habitudes ? Où allait-il ? Que mangeait-il ?

– Nous venions ici quand nous mangions ensemble. Je ne sais rien de plus de sa vie.

– Comment vous êtes-vous rencontrés ?

– C'est une longue histoire.

– J'ai tout mon temps.

– Pas moi.

## 24

Mais elle en trouva. Ils traversèrent la rue pour s'installer à l'Oxford. Établissement cossu, propice à la conversation. La salle était presque vide et, entre les tables et les garçons, s'élevait la barrière sonore que constituaient les derniers clients prenant l'apéritif au comptoir. Teresa se lança alors dans l'histoire d'une rencontre dans les bureaux d'un importateur de produits hollandais. Elle y était allée pour prendre livraison de colifichets en provenance d'Indonésie et de l'industrie hippie d'Amsterdam. Julio se trouvait là et demandait où en était sa commande de fromage de Hollande. À ces mots, Teresa éclata de rire, et Carvalho l'imita de bon cœur, soulagé après la gêne qu'il avait éprouvée en l'entendant proférer cette énormité la première fois.

– Il a plaisanté sur mes achats. Moi sur les siens. Puis il s'en est pris à ma tenue et j'en ai fait autant, avec la sienne, je lui ai dit qu'il s'habillait comme un bourgeois débarqué de son trou ébloui par les cadres en costard-cravate. Je me rendais bien compte qu'il me draguait, mais il me plaisait, et j'avais envie de savoir s'il était ce qu'il avait l'air d'être. Il n'était pas ce qu'il avait l'air d'être. Il avait de la classe.

La jeune femme évoquait ses souvenirs d'un ton que Carvalho jugea superficiel. Elle racontait un jeu, consciente qu'il ne s'agissait pas d'autre chose. Elle n'y mettait pas du drame, comme la veuve Salomons. Teresa Marsé se baladait dans la vie prête à se laisser surprendre en permanence, et il était rare qu'elle le fût vraiment. Rencontrer Julio, c'était tomber sur l'inclassable. Un primaire qui sait dissimuler qu'il l'est, un ignorant qui a cessé de l'être, un imaginatif aux mains puissantes qui caresse la réalité.

— Nous n'avons pas eu de liaison suivie. J'ai mis les choses au point. Je ne me suis pas libérée du joug du mariage pour en accepter un autre. Au début il ne comprenait pas. La jalousie. Je crois que c'était une de ses nombreuses contradictions. Il était jaloux. La seule idée que je puisse sortir avec d'autres hommes le rendait jaloux.

— Vous emmenez aussi les autres à la maison de Caldetas ?

— Pourquoi pas ? Julio lui-même l'a utilisée avec d'autres femmes. Lorsque j'ai réussi à le convaincre que nous ne devions pas nous emprisonner l'un l'autre, il m'a demandé plusieurs fois de lui laisser la maison. J'ai toujours su pourquoi et je lui ai passé la clef. Vous la voulez ?

— Vous viendriez avec moi ?

Teresa Marsé le toisa avec une moue sceptique.

— Vous n'êtes pas mal. Mais je suis amoureuse en ce moment.

– De Julio ?

– C'est fini entre nous. Presque fini. À propos, quelle heure est-il ?

– Une femme comme vous, avec un emploi du temps aussi serré, ne porte pas de montre ?

– Les montres laissent une marque sur le poignet. En plus, c'est une convention stupide.

– Heureusement pour vous que les autres en portent…

– Oui, c'est vrai.

Il se leva à la suite de Teresa. La jeune femme le laissa payer, comme elle l'avait déjà fait à la cafétéria.

– Un autre jour, passe au magasin, je t'inviterai, d'accord ?

– Quel jour ?

– Ne commence pas à me harceler.

– Je n'en ai aucune envie. Je me contente de te demander un jour, une heure. De m'accorder une audience.

– Qu'est-ce que tu es susceptible ! Appelle-moi, c'est mieux.

Elle extirpa du fin fond de son immense sac de toile brodée une carte de sa boutique que Carvalho empocha. Il fit alors ce qu'il n'avait pratiquement jamais fait avec personne. Il donna à Teresa son adresse de Vallvidrera.

– Toi, au moins, tu n'as pas besoin de la propriété de papa. Tu vis là, ou c'est ta garçonnière ?

– Les deux.

– Ah ! Les hommes. Tout est plus facile pour vous.

Ils marchaient dans une rue de traverse qui, de

171

Muntaner, débouchait rue Ganduxer, presque à la hauteur de la boutique.

– Julio recevait de temps à autre des lettres d'une ancienne maîtresse d'Amsterdam.

– Oui, je suis au courant. Une veuve. Il m'en a lu une, une fois.

Elle se prit le visage dans les mains et se mit à rire, avant de continuer :

– Quelle littérature ! Elle lui citait des vers de Catulle. Tu vois le tableau. Elle l'avait formé, et Julio lui en était reconnaissant. C'est vrai que c'était un garçon intelligent, très réceptif. Je lui prêtais des livres et il me les rendait soulignés. C'était ce qu'on pourrait appeler « une intelligence gâchée par l'inégalité des chances ». Mais il s'en sortait plutôt bien. Il gagnait plus d'argent que bien des intelligences non gâchées. Tout est relatif. Il gagnait de l'argent, tu sais. Du moins, c'est l'impression qu'il donnait. Il n'était jamais à court, toujours bien habillé. Trop bien. Là, je n'ai rien pu faire. Il avait un respect quasi religieux des costumes sur mesure, des souliers cirés, des cravates.

– Il était né pour révolutionner l'enfer.

– Tu savais qu'il avait un tatouage ? Il m'a raconté qu'il avait toujours été révolté. Tout petit à l'orphelinat, à la Légion, en prison. Tu savais qu'il avait fait de la prison ? Une fois, à l'orphelinat, un curé lui a dit : « Tu es pire que le démon. » Il aimait raconter cette histoire. Ces derniers temps, ça le faisait plutôt sourire, il se rendait compte qu'il vivait comme un pacha, qu'il avait une vie bien réglée, agréable, alors qu'il portait ce tatouage.

– Une façon de ne pas renoncer tout à fait à soi-même, peut-être.

– Sans doute. Appelle-moi un de ces jours. Au revoir.

Et elle pénétra dans son décrochez-moi-ça.

Non. Cette femme n'était pas de celles qui attendent, le long de comptoirs fatigués, le retour du jeune marin au cœur tatoué sur la poitrine. Carvalho avait la conviction qu'il existait dans la vie de Julio Chesma une de ces femmes, mais pas la théâtrale et littéraire veuve de Rotterdam, pas la joueuse Teresa Marsé. Quelque part, il ignorait où, avant ou après que Chesma eut entrepris son dernier voyage, une femme avait été prise à jamais par sa vitalité, par sa force. Carvalho ne savait pas si cette certitude lui venait de la chanson, ou s'il la devait à son instinct. Un homme comme Julio Chesma ne pouvait se satisfaire d'une mère névrosée telle que la veuve, ou d'une partenaire de tennis telle que Teresa Marsé. Il avait besoin de quelqu'un qui fût en pleine communion avec la révolte que clamait son tatouage. Le tatouage de Julio Chesma s'adressait à quelqu'un qui avait pris sa vie au sérieux. À personne d'autre.

## 25

Carvalho donna rendez-vous à Charo et à l'Andalouse dans une auberge de San Cugat. Ce n'était pas trop loin de Vallvidrera, mais Charo était en arrivant d'une humeur noire, qui débordait de sa Seat 850.

– Je n'arrive pas à comprendre pourquoi tu refuses de venir à la maison. Qu'est-ce que c'est que ces façons de jouer à cache-cache ?

– Il doit avoir ses raisons, intercéda l'Andalouse.

– Tu aurais au moins pu nous inviter à dîner chez toi.

– J'avais de quoi, mais je n'ai pas eu envie de me mettre au fourneau. Chaque chose en son temps. Je m'y mettrai peut-être en rentrant. Pour me défouler.

– Tu vois comment il est. Et il parle sérieusement, il ne faut pas croire. Il est capable de se mettre à cuisiner à quatre heures du matin.

Charo regardait Carvalho comme un enfant aimé qui a eu la monstrueuse idée de naître avec deux têtes. L'Andalouse, en revanche, riait à gorge déployée et découvrait deux molaires supérieures en or.

– J'adore cet endroit, dit-elle sur un ton de vedette de téléfilm espagnol.

Carvalho sentait, lui, comme une réticence envers cet établissement. D'abord parce que son mobilier Empire, celui de Philippe II, sortait des usines de San Cugat, distantes de quelques mètres. Il n'était guère rassuré non plus par les spécialités de la maison : pain à la tomate, boudin aux haricots, viande grillée au feu de bois, lapin à l'ailloli. Au cours des dix dernières années, la Catalogne avait vu naître plus de dix mille restaurants animés des mêmes intentions : fournir à la clientèle les miracles de simplicité qu'offre la cuisine rurale catalane. Mais, à l'heure de vérité, le pain à la tomate, merveille d'imagination qui dépasse la pizza en saveur et en simplicité, se révélait n'être qu'une pâte mal cuite, ramollie encore par la sauce tomate en boîte. Quant à l'ailloli, il n'avait pas été monté à la main, patiemment, comme il se doit, et on y avait ajouté, ainsi que le font les Français et les Majorquins, du jaune d'œuf qui lui donnait l'aspect d'un badigeon jaunâtre. Carvalho se surprit à donner une conférence sur les racines gastronomiques de l'humanité aux dames qui lui tenaient compagnie, bouche bée. Ce ne fut pas l'exclamation de l'Andalouse, « Sainte Vierge, où va-t-il chercher tout ça ! », qui lui fit prendre conscience du rôle qu'il jouait, mais de s'entendre prononcer le terme « koyné » pour définir l'origine commune de certains plats.

– De même qu'il y a une koyné linguistique qui nous permet de situer l'origine commune des langues germaniques dans l'indo-européen, il existe une koyné gastronomique, dont une des manifestations scientifiquement décelables est le pain à la tomate, proche parent de la pizza mais plus facile à réaliser. Dans la pizza, tout repose sur la cuisson de la pâte, alors que le pain à la tomate n'est autre que du pain et de la tomate, avec un peu de sel et d'huile.

– Et c'est délicieux, renchérissait l'Andalouse, enthousiasmée par les mystères que lui dévoilait Carvalho. C'est rafraîchissant, c'est nourrissant. C'est très nutritif. Le docteur Cardelús me l'a dit lorsque je lui ai amené mon fils, il faisait un peu d'anémie. « Donnez-lui des *bones llescas* de pain, avec du *tomáquet* et du *pernil*[1]. » Un miracle. Maintenant, mon petit est dans une ferme, à Gava, et j'ai dit aux gens qui s'occupent de lui, surtout, du pain à la tomate, beaucoup de pain à la tomate.

Carvalho n'apprécia guère ce nivellement vers le bas de la conversation, mais le plateau de pain à la tomate arrivait. Il n'avait pas de quoi figurer dans un traité de cuisine, pas même dans *Carmencita o la Buena Cocinera*, mais c'était un pain à la tomate sincère. Les deux femmes attendaient, suspendues au verdict de Carvalho qui, écrasant de la langue la pâte humide de pain et de tomate contre son palais, essayait d'apprécier la saveur du pain, le degré de fraîcheur de la tomate, la qualité de l'huile.

_____

1. « Donnez-lui des *bonnes tranches* de pain à la *tomate* avec du *jambon* », tous les ingrédients du plat de base catalan. En catalan dans le texte. *(Toutes les notes sont des traducteurs.)*

– Ils ont mis de ce sel qui est un peu humide, mais ça peut aller.

– Sainte Vierge, mais où va-t-il chercher tout ça !

Le répertoire de Carvalho n'avait plus de secret pour Charo et elle n'était pas disposée à suivre la flagorneuse sur son terrain. Il lui montait encore des bouffées de sa colère de tout à l'heure.

– Je le trouve très bon, moi. Et j'ai faim. Tu fais bien des manières. On voit que tu n'as jamais eu faim.

– Sainte Vierge, quelle horreur, la faim !

L'Andalouse enfourchait toutes les montures qui s'offraient à son imagination. Elle avait mangé le pain à la tomate et ses jolies lèvres luisaient d'huile d'olive. Elle mordait dans les côtelettes grillées avec une application qui plut à Carvalho. On leur servit un vin rosé, un peu sucré mais avec un bouquet final agréable, et Carvalho s'enquit de sa provenance.

– On dirait un vin de l'Ampurdán, de Perelada ou de Corbella.

– Vous ne vous êtes pas trompé de beaucoup. Nous allons le chercher au-dessus de Montmany.

– Il n'est pas mal, comme petit vin de table.

– Il se laisse boire. Léger mais agréable.

– Léger ?

L'Andalouse imitait Jerry Lewis.

– Léger ?

Elle louchait.

– Moi, il m'est déjà monté à la tête.

Elle louchait toujours. Puis son regard retrouva son habituelle symétrie. Elle riait maintenant à

177

ses propres plaisanteries, tout en faisant sauter, à l'aide d'un cure-dents, les fibres de viande coincées entre ses dents.

– Allez, raconte-lui tes aventures de ce matin.

– Ah oui. Je me suis régalée, Pepe, tu sais. Tu n'as pas besoin d'une assistante de temps en temps ?

L'Andalouse baissa le ton, comme elle supposait qu'il fallait le faire dans de telles circonstances.

– J'ai joué les espionnes toute la matinée. Regarde comme je suis coiffée. Ce n'est pas si mal. Je m'attendais à pire. Je me suis tout fait faire. Tout. Je suis restée au salon de neuf heures du matin jusqu'à deux heures de l'après-midi.

– Et alors ?

– Et alors quoi ?

– Qu'est-ce que tu as vu ?

– Eh bien, elles n'arrêtent pas, si tu les voyais ! Les quatre filles et Queta sont débordées. Si j'avais écouté ma mère, à Bilbao ! Tu sais bien, Pepe, que je suis de Bilbao. Mais dans ce métier il faut dire qu'on est andalouse, sinon, on n'a pas un client, va savoir pourquoi. Alors, j'ai pris l'accent et, tu vois, je ne sais même plus si je suis de Séville ou non.

Carvalho avait toujours pensé que la manie qu'avaient les putains basques, catalanes ou castillanes de se faire passer pour des Andalouses était du racisme à l'état pur. Du fond de la mauvaise conscience que donnait l'exercice d'un métier méprisé, on en transportait les stigmates vers la terre la plus sous-développée de l'Espagne. Ainsi, la grandeur ethnique des Basques, les blasons des Castillans et la productivité industrielle catalane demeuraient-ils sans tache. Mais l'Andalouse soutenait que c'était la faute des clients.

– C'est la faute des clients, je te dis. Raconte à un client que tu es de Bilbao et il te regarde avec d'autres yeux. Comme si tu n'allais pas le faire jouir.

L'Andalouse rendait des points à Pepe et faisait un cours. Elle démontra qu'en matière de putasserie aussi la théorie est sœur de la pratique, et que la division du travail avait occasionné des divorces théorie-pratique véritablement catastrophiques, non seulement dans l'ensemble des arts et des métiers, mais encore en philosophie, en sociologie, en putologie. C'est pourquoi la plupart des ouvrages publiés sur la question, ayant été rédigés par des doctoresses, ou des docteurs, n'étaient que prophylactiques, sans connaissance pratique du sujet et, dans ces conditions, enfoncés de loin par les compétences théorétiques de l'Andalouse.

– Il y a un tas de gagneuses qui ne laissent même pas au client le temps de se pointer, c'est des « tu montes, chéri » tout de suite et des « viens, tu vas pas t'ennuyer ». Il faut faire la différence. Avec certains clients, d'accord, d'autres, on peut toujours s'esquinter à leur donner du « chéri ». Il n'y en a pas deux pareils.

Carvalho intervint de nouveau pour canaliser le flot de paroles de l'Andalouse vers Queta-Coiffure.

– Ah oui. Ça n'arrête pas ! Et dire que ma pauvre mère voulait que je sois coiffeuse ! À cette heure, je serais pleine aux as et je vivrais comme une bourgeoise.

– Ça ne va pas si mal pour toi. Tu n'as pas à te plaindre.

– Pepe, comment peux-tu dire une chose pareille en ce moment ? Je suis cloîtrée depuis plus d'une semaine, je n'ai pas fait une passe. Elle, si. En voilà une qui a su s'organiser, grâce à ton aide. Peu d'hommes auraient fait ce que tu as fait pour Charo, Pepe. Ils l'auraient exploitée, plutôt. Toi, tu lui as dit de sélectionner ses clients et de les laisser venir. Pas de tapin, tu lui as dit. Elle vit presque comme une bourgeoise.

Charo, attendrie, les yeux humides, posa sa main sur celle de Pepe, pour lui transmettre un peu de sa tendresse. Un jour, je l'épouserai, se dit Pepe. Décidément, ce vin, avec son air de ne pas y toucher, tapait dur. Il se marierait avec Charo, mais lorsqu'ils seraient vieux.

– Très vieux, laissa échapper Carvalho à voix haute.

Deux cafés *per capita* rendirent à la petite réunion son caractère de rendez-vous d'affaires. Il faisait chaud, la nuit était étoilée. Ils sortirent sur la place du Monastère de San Cugat et se promenèrent tandis que l'Andalouse faisait le récit de ce qu'elle avait vu. Pepe marchait entre elles deux, en manches de chemise, les bras sur leurs épaules.

– Il y a quatre filles plus Queta. Son mari passe tout son temps en haut, dans l'entresol. Il descend de temps en temps et va au bar du coin boire un verre. Sinon il appelle Bouboule et elle va lui chercher ce qu'il veut. Les quatre filles sont très jeunes et très sympathiques. La grosse est entrée en dernier au salon, mais elle commande déjà plus que Queta. Elle ne se laisse pas marcher sur les pieds, la Bouboule. Les autres commencent à neuf heures du matin et n'ont pas d'heure pour terminer. Enfin, à neuf heures du soir, il n'y a plus personne, sauf le samedi, où elles restent parfois jusqu'à des dix heures, portes fermées. Deux des filles vivent ensemble, des cousines, des Andalouses. Des vraies, Pepe, pas des Andalouses pour rire. Elles sont très sérieuses, elles avaient commencé dans la coiffure à Jaén. Queta leur apprend le métier et elle a de la patience, on ne peut pas dire le contraire, ce ne sont pas des lumières mais elles ont l'air de se débrouiller. L'autre fille a un fiancé qui vient la chercher tous les jours, des fois il attend des heures au bar qu'elle ait terminé. Une Catalane, de la Barceloneta. Son père et ses frères travaillent au port. Bouboule est la seule à rester à midi, elle fait les courses pour Queta, et même quelquefois la cuisine. Elle quitte toujours à huit heures, parce qu'elle habite Badalona et que son frère passe la chercher avec sa camionnette de livraison.

— Il est livreur ?

— Non, c'est sa camionnette. Ils sont grossistes en poisson salé et congelé à Badalona, au bord de la mer. Le père était charpentier de marine, mais il a attrapé une saloperie aux yeux. Il ne pouvait plus supporter les peintures, la sciure, rien de ce qu'il fallait utiliser dans son métier. C'est bizarre, la vie, maintenant il se tape la puanteur de poisson que doit dégager leur magasin.

— Comment s'entendent les filles avec Queta ?

— Bien. Avec la grosse, il y a un peu de tirage,

parce qu'elle croit que c'est arrivé. Le patron prend des gants avec elle et ça se remarque. Il lui demande parfois des choses que, logiquement, Queta aurait dû lui monter, mais la grosse maligne se précipite et c'est elle qui y va. Queta n'apprécie pas vraiment. Je l'ai reniflé.

Et elle montrait son nez.

– Mais c'est une brave fille. Balancée comme elle est, on se dit qu'elle pourrait la ramener, mais non, c'est une brave fille.

– Et elle est balancée comment ?

– Ne lui réponds pas, l'Andalouse, il ne lui en faut pas beaucoup pour se faire des idées.

– On ne te suffit pas, toutes les deux, Pepe ?

– Où tu vas, toi ? Moi, je ne lui suffis pas, tu veux dire.

Pepe serra le cou des deux poulettes en colère, coupant court aux digressions.

– Et les relations entre don Ramón et Queta ?

– Eh bien, il était marié, et pas avec n'importe qui. Il a eu des enfants avec sa femme, qui sont grands maintenant. La Queta était la manucure de sa femme, et ils ont eu une aventure. Mais c'est devenu sérieux et il a fini par laisser tomber sa femme et ses enfants. Il a ouvert le salon pour Queta et il s'y est mis aussi, maintenant il passe son temps en haut, à faire les comptes. On ne leur connaît pas de liaison, ni à l'un ni à l'autre. Il n'est plus tout jeune, il doit avoir la soixantaine. Queta vient d'avoir quarante ans, mais elle a un corps de jeune fille. C'est bien ce que tu voulais savoir, Pepe ? Elle est formidable pour son âge. Elle n'a pas eu d'enfant, elle n'a pas allaité, ça se voit. Ils ont presque vingt ans d'écart et ça se voit aussi. Ils se sont connus il y a quinze ans, une seconde jeunesse pour lui, elle, c'était une gamine. Mais maintenant... une femme a besoin de certaines choses, tu ne crois pas ?

– Absolument. Ramón ne reçoit personne ? Personne ne vient le voir ?

– Si, bien sûr. Des représentants. En parfumerie, en matériel de coiffure. C'est lui qui s'en occupe. Ils ne s'en tirent pas mal. Queta m'a raconté qu'ils avaient acheté du terrain près de Mollet, dans un coin très bien où on va construire des usines. Elles partent toutes dans ce secteur. C'est pas plus mal, en ville, les usines polluent tout. On ne va bientôt plus pouvoir sortir sans masque à gaz à Barcelone. Respire ici, respire. C'est un délice. Tiens, je vous offre une *horchata*.

Ils prirent une *horchata*, debout, à côté de la petite roulotte illuminée d'ampoules de toutes les couleurs, de guirlandes rouges et jaunes, de fleurs en papier bleu. Le vendeur était vêtu de blanc, avec un bonnet de marin américain, un foulard à pois noué autour du cou. Il examina les filles des pieds à la tête, mais il baissa les yeux lorsque son regard croisa celui de Carvalho. Les deux amies se poussaient du coude et riaient pour un rien. Carvalho gardait ses distances mentalement, reconnaissant envers cette *horchata* glacée qui emplissait sa gorge des mille fraîcheurs de ses petits cristaux pâteux.

– Dis, l'Andalouse. Comment Bouboule a-t-elle fait pour obtenir toutes ces prérogatives ?

– Qu'est-ce que tu veux dire ?

– Comment ça se fait que la grosse ait le bras si long ? Elle a à peine seize ans.

– Quinze, mais elle est grosse comme une vache, ça vieillit. Elle en a plus que moi (elle soulevait sa poitrine des deux mains). Écoute, je ne sais pas. Je crois que son père et don Ramón se connaissaient. C'est ça. Son père l'a fait entrer au salon. Elle veut y faire trois ans et après ouvrir son salon à Badalona. Elle sait ce qu'elle veut, je te prie de me croire. Figure-toi qu'elle a obtenu que le patron lui donne son lundi après-midi et elle va à des démonstrations que font les grands coiffeurs, pour les professionnels, c'est comme ça qu'ils apprennent. Il y a des coiffeuses qui viennent de toute la Catalogne, des apprenties, des ouvrières de Barcelone aussi. Crois-moi si tu veux mais les deux cousines ont demandé à don Ramón de les laisser y aller, un lundi sur deux chacune, en leur faisant une retenue sur leur salaire, il n'a jamais voulu. Bouboule, elle, elle y va, tous les lundis, et il ne lui retient rien sur son salaire. Je crois que la Queta en a par-dessus la tête et elle n'a pas tort.

Ils retournèrent vers les voitures. L'Andalouse voulait à toute force que Charo lui laisse sa voiture et rentre avec Pepe à Vallvidrera.

– Je la mettrai au parking, ne t'inquiète pas. Donne-moi les clefs, je la ramène.

– Non, je te dis. Pepe n'a pas envie que je reste. Et moi non plus.

– Pepe, qu'est-ce que tu en dis ?

Carvalho haussa les épaules.

– Laisse-moi la voiture, Charito, et toi reste avec ton homme, il va te faire ta fête.

Les deux femmes riaient. Carvalho, en revanche, se demandait s'il préparerait les *cappelleti*. Il ne voulait pas les garder trop longtemps au réfrigérateur, où ils risquaient de se dessécher, mais il n'était pas non plus tenté de se mettre aux fourneaux à pareille heure.

– N'insiste pas, je ne te laisse pas ma voiture.

– Mais puisque je te dis que je veux bien rentrer seule !

– Et moi, je ne veux pas.

– Tu n'as pas confiance dans ma façon de conduire ?

– Il y a de ça.

– Non mais, tu l'entends ? J'ai le droit d'habiter son appartement, de vider son réfrigérateur, mais pas touche à sa voiture. Charo, tu n'es pas comme ces types qui ne prêtent ni leur stylo, ni leur voiture, ni leur femme, au moins ?

– Si, exactement.

– Tu ne me passes pas ta voiture ?

– Non.

– Et ton stylo ?

– Je n'en ai pas.

– Et ton Pepiño ?

– Encore moins.

L'Andalouse se retourna vers Pepe, louchant à nouveau.

– Quelle réac, cette bonne femme !

# 26

Bromure voyait chaque jour dans la presse confirmer ses préventions alimentaires. La préoccupation écologique et consommatrice avait trouvé en lui un vaillant prophète, méconnu toutefois des nouvelles générations de théoriciens, plus prestigieuses. Penché sur les chaussures de ses clients, il ne se contentait plus, désormais, de dénoncer la conspiration anti-érotique du bromure introduit dans l'eau, dans les boissons et dans le pain industriel.

– Que sentez-vous ?

– Le cirage.

– Si seulement ! C'est sain, l'odeur du cirage. Je l'ai respirée toute ma vie et je suis encore là. Vous croyez que ma bronchite vient du cirage ? Et mon ulcère ? Non, c'est l'air. Vous ne sentez pas ? Tout est pollué.

Et Bromure appuyait ses propos d'un regard circulaire, qui obligeait le client à conclure avec lui qu'à vingt mètres à la ronde tout conspirait à affecter les tissus les plus délicats de son organisme.

– Un coup de brosse ?

Carvalho acquiesça. Il avait l'impression que

la voix du cireur de chaussures jaillissait de son crâne déplumé et couvert de pellicules, que c'était le crâne qui s'adressait à lui.

– Tu n'as pas cinq cents pesetas pour moi ?

– Qu'est-ce que tu me donnes en échange ?

– Rien. Mais comme tu jouais les nababs, ces derniers temps…

– Tu es sûr de ne rien savoir ?

– Rien de rien. Il n'y a plus personne pour répondre aux questions. Les gars qui ne sont pas en cabane sont en voyage. Apparemment, il y en a plus d'un qui s'est mis à table. Cette fois, ils ont remonté haut. Les grosses légumes ne risquent pas grand-chose, mais pour l'instant elles font comme chez le photographe : « Ne bougeons plus ! » Tout ce que je peux te dire, c'est que ton noyé avait un sacré casier, et que c'est ça qui a tout déclenché. La Pommade a été la première à écoper, et elle porte un chapeau dont elle n'est pas près de se débarrasser. Le mort ne dira plus rien mais la Pommade, c'est un vrai moulin à paroles, elle a sorti le paquet.

– Comment elle est, la Pommade ?

– Une blonde. Grosse mais bien plantée. Jeune, elle avait une de ces paires de fesses ! Elle faisait croire qu'elle était française. Tu l'as sûrement vue sur le trottoir des Ramblas, du côté de la rue San Fernando ! Après, elle s'est lancée et elle a émigré sur la route de Sarrià. Elle a pas mal maigri. Là-bas, les types les aiment plus maigres, comme au cinéma. Comme la sauterelle du film qu'ils passent, *Butch Cassidy et le Kid*. Elle te plaît, à toi, cette greluche ?

De la réponse de Carvalho dépendait la fermeté des croyances de Bromure.

– Elle n'est pas mal.

– Mais elle n'a rien ni devant ni derrière ! Quand le type sort son flingue et lui ordonne de se déshabiller, je me disais : Imbécile, pauvre imbécile, avec un flingue pareil, tu aurais pu choisir autre chose que cette planche à pain. Malheureux. Je ne dis pas que je me ferais prier, quand même. Pas une femme au monde, pas une qui ne mérite qu'on lui fasse un petit plaisir, pas une. Et c'est bien ça qui est triste. Qu'il y en ait tant, et que nous ayons si peu pour leur faire plaisir.

– Ne t'égare pas.

– Il faut avoir une philosophie dans la vie, Pepe. C'est la mienne.

Le cireur de chaussures se redressa et Pepe fut surpris par sa taille, qu'il avait rarement l'occasion de voir. Raide comme s'il avait écouté un roulement de tambour annonçant son numéro, Bromure proclama :

– La philosophie du triangle vital.

Il plaça son pouce près du bord de la poche de son pantalon et son petit doigt sur sa braguette. Puis il acheva de figurer un triangle en faisant glisser son pouce jusqu'à son ventre.

– Le blé, la baise, et la bouffe.

Il saisit sa boîte à cirage, mit les vingt-cinq pesetas de Carvalho dans sa poche et s'en alla. La sortie était digne de la fin d'une conférence de don José Ortega y Gasset. Carvalho se leva peu après. Une légère brise marine remontait de la Puerta de la Paz jusqu'aux Ramblas, chargée de senteurs huileuses. Christophe Colomb, perché sur son monument en forme de presse-papiers, montrait imperturbablement un soleil à son zénith, d'un geste qui tenait plus du défi solaire que de l'indication de la route des Amériques. Carvalho ôta sa veste, qu'il mit sous son bras, et s'en alla vers Queta-Coiffure. Il n'y avait pas de clientes, mais la porte était ouverte. Le bruit de ses pas sur le linoléum vert déclencha une question venue d'en haut :

– Qui est là ?

– C'est moi, Carvalho.

C'était la voix de Bouboule. Sans attendre davantage, il franchit les marches en deux enjambées et se retrouva dans l'entresol. Les papiers avaient disparu du bureau, dont la médiocre matière était maintenant dissimulée sous une toile cirée. Queta, Ramón et Bouboule mangeaient de la macédoine et des filets de poisson panés. Les deux femmes piquèrent du nez dans leur assiette, comme pour sauvegarder le caractère indéniablement intime de la scène. M. Ramón se levait, déposait soigneusement sa serviette sur la table et disait :

– Si ça vous dit.

– Non, merci. Je regrette de vous avoir dérangés.

– C'est sans importance. Suivez-moi.

Queta regardait Pepe du coin de l'œil. Bouboule avait la bouche pleine, et engouffrait encore une cuillerée dangereusement débordante de macédoine. M. Ramón marchait à pas comptés. Il indiqua l'escalier à Pepe et le précéda. Dans le salon, il s'installa sur l'un des sièges pivotants et Carvalho l'imita.

– Quand êtes-vous rentré ?

– Hier soir.

– Tout s'est bien passé ?

Carvalho lui montra la petite blessure de son œil.

– Plus ou moins.

M. Ramón regarda à peine la blessure. Il enregistra le fait et attendit que Carvalho poursuive ses révélations.

– Votre cadavre a un nom. Il s'appelait Julio Chesma. Il était trafiquant de drogue.

– Il avait des contacts ici ?

– Oui.

– Vous savez avec qui ?

– Vous m'avez demandé de trouver son nom. C'est tout.

– C'est exact. Ma femme a un garçon de sa famille un peu aventurier. Une vraie calamité. Et elle savait qu'il avait un drôle de tatouage sur la peau. Elle ne se rappelait pas exactement quoi. Mais ce n'était pas ordinaire. Elle s'est inquiétée quand elle a lu la nouvelle dans le journal et c'est pour ça que j'ai essayé d'en savoir plus. Elle va être soulagée, le nom n'a rien à voir avec elle.

– Nous pouvons monter le lui dire, si vous voulez.

– Laissez, je le ferai plus tard. Je préfère y aller doucement. Vous savez comment sont les femmes. Elles deviennent hystériques pour un rien. Elle sera plus tranquille, en tout cas. Vous avez dit Julio Chesma ? La drogue, n'est-ce pas ? Oui. J'en ai entendu parler. Il me semblait bien qu'il devait y avoir un rapport entre la découverte du cadavre et les descentes de police qui se sont produites après.

Vous avez des précisions sur cette affaire ? Le nom de gens qu'il fréquentait, par exemple ?

– Deux ou trois.

– En Hollande ?

– Ici aussi.

– Qui ?

– Je ne crois pas que ça vous regarde. Vous vouliez juste tranquilliser votre femme. Vous voilà en mesure de le faire, maintenant.

– Simple curiosité. Après tout, c'est moi qui paye.

– Si vous voulez savoir si j'ai découvert un lien entre Julio Chesma et vous ? Eh bien, non. Il y avait des tiroirs dans l'existence de ce type. La police a ouvert celui de la drogue. Moi je suis parvenu au même résultat, et j'ai retrouvé plusieurs de ses petites amies. Pour l'instant, vous n'êtes nulle part.

– Pourquoi devrais-je être quelque part ? Je n'ai jamais rencontré cet homme. Nous ne nous sommes pas compris. Je vous dois soixante-dix mille pesetas. Les cinquante mille qui manquaient, plus les frais.

– C'est correct.

M. Ramón regagna son entresol. Carvalho s'approcha de l'escalier, au cas où des bribes de conversation lui parviendraient. La grosse était là, assise sur la troisième marche, une pêche à la main, occupée à façonner une pelure d'un seul tenant qui serpentait entre ses jambes de vieille petite fille jusqu'à une assiette posée sur l'escalier. Elle sourit lorsque Pepe passa la tête. Mais il resta là. Comme elle l'observait d'un air narquois, il plongea son regard entre ses cuisses et aperçut le triangle bleu ciel de sa culotte. Elle serra précipitamment les jambes, envoya valser l'assiette en bas des marches. Pepe se retira, satisfait. Bouboule, congestionnée, à quatre pattes par terre, ramassa en bougonnant les restes de sa pêche et de son assiette. M. Ramón enjamba les débris, une enveloppe blanche à la main. Carvalho la glissa dans la poche intérieure de sa veste. Il boutonna sa poche. Il partait sans rien dire mais, arrivé sur le seuil, il se retourna. M. Ramón et Bouboule se tenaient l'un près de l'autre et l'observaient du même regard dur, un regard de prédateur, pourtant contenu.

— Je persiste à m'étonner que vous me donniez autant d'argent pour découvrir quelque chose que vous auriez pu apprendre en faisant les cinquante mètres qui vous séparent du commissariat du district.

— Je ne vous ai pas payé pour que vous vous étonniez. Je sais ce que je voulais savoir. Alors, adieu et bon vent.

— Je ne peux pas en dire autant, moi. Et j'ai envie d'en savoir davantage.

# 27

Il l'avait appelée à six heures de l'après-midi, et, à huit heures, il la retrouva, déguisée en veuve jeune, riche et de gauche, passant l'été en ville. Encore une djellaba, charmante, achetée Dieu sait où, d'ailleurs, était-ce une djellaba ? Teresa pouvait passer aussi bien pour une Scandinave déguisée en femme targuie que pour une Indienne maya à l'ombre de Chichén Itzá. Sur fond de nuit et de géographie plaquée, elle avait l'air d'une déclaration d'indépendance fraîchement acquise. Teresa se suspendit au bras de Carvalho, et n'ouvrit la bouche qu'en voyant qu'ils avaient parcouru cent mètres sans qu'ils se fussent interrogés sur leur destination.

– Qu'est-ce que tu as l'intention de faire ? Me tirer les vers du nez ou coucher avec moi ?

– Pour l'instant, je veux dîner.

– Moi, je ne suis pas difficile.

– Moi si. À propos, c'est pour toi. Le premier cadeau de la soirée.

Carvalho lui tendait un vieux livre broché à couverture jadis rose, toute jaunie maintenant.

– *La Physiologie du goût*, de Brillat-Savarin. Qu'est-ce que tu veux que je fasse de ce livre ?

– Lis-le. Prends ton temps. Tu as sûrement déjà lu *Matérialisme et Empiriocriticisme*.

– Évidemment. Il y a au moins… Une paye.

– Eh bien maintenant, lis ça, tu te formeras le goût et tu cesseras de martyriser les types qui t'invitent à dîner avec des croquettes congelées.

– Tu es quoi, toi ? Un flic ? Un marxiste ? Un gourmet ?

– Un ex-flic, un ex-marxiste et un gourmet.

Carvalho décida pour deux et conduisit Teresa au Quo Vadis. Il répondit aux saluts protocolaires du clan directorial conduit par une mère énergique qui présidait aux destinées du restaurant du haut de sa chaise quasiment installée sur le pas de la porte. Au vu des prix sur la carte, Teresa annonça :

– Je ne prendrai qu'un seul plat.

– Tu as des problèmes d'argent ?

– Non, mais je ne supporte pas de dépenser tout ce fric pour manger. Tu aurais pu choisir un restaurant plus ordinaire, ça m'aurait fait du pareil au même.

– Vois-tu, je n'ai pas encore dépassé le stade du respect à distance pour la bourgeoisie, je continue à croire qu'elle sait vivre.

– Qui dit le contraire ?

– Quatre-vingt-neuf pour cent de la bourgeoisie de cette ville se contente d'épinards à l'étouffée et d'un merlan qui se mord la queue pour dîner.

– C'est sain.

– S'ils ajoutaient des raisins secs et des pignons

de pin à leurs épinards, et farcissaient d'herbes une dorade, mettaient du papier d'aluminium autour et le tout au four, au lieu du merlan frit, ce serait tout aussi sain, à peine plus cher, et plus original.

– Mais tu parles sérièusement, ma parole !

– Absolument. Le sexe et la gastronomie sont les deux choses les plus sérieuses qui soient.

– C'est marrant. Julio disait quelque chose d'approchant. Pas exactement comme toi, mais pas loin. Lui aussi voulait avoir le goût fin, comme les riches. Mais il n'arrivait pas à ton niveau. Il en était resté à la *sole meunière*[1] et au *canard à l'orange*. Ce sont les premiers plats que les *parvenus* notent dans leur agenda.

Pepe faillit lui envoyer une bouteille de vodka à la figure quand elle commanda deux œufs au plat au jambon en tout et pour tout. Il avait pris d'abord des blinis arrosés de vodka glacée et espérait être suivi sur ce terrain. Il commanda ensuite un steak de taureau. Teresa ne lui épargna pas les commentaires déplaisants sur le monument de viande noire et sanglante qu'on lui servit.

– Manger autant, le soir et en plein été.

– Chez moi, il y a toujours du feu dans la cheminée. Même en plein été.

Teresa laissa échapper un petit rire d'actrice américaine jouant les seconds rôles, en particulier celui de la jeune paumée traînant de comptoir en comptoir à la poursuite de son rêve impossible.

1. En français dans le texte. *(Les mots en français dans le texte sont suivis d'un astérisque.)*

– Tu veux venir chez moi et voir ma cheminée ?

– Tu es sans doute plein d'imagination à table, mais pour draguer, zéro. Ce que tu viens de dire ne vaut guère mieux que : « On va chez moi prendre un verre ? »

– J'ai une bouteille de limonade au frigo.

– Je préfère le whisky. Ne me déçois pas. Chivas ?

– Chivas.

– Alors, allons-y.

Tandis qu'ils montaient la route de Vallvidrera, Teresa fredonnait *Penny Lane*.

– Si tu étais un vrai gourmet, tu parlerais autrement.

– Comment ?

– Tous les gourmets sérieux que je connais ont l'accent français, même s'ils sont espagnols. Et puis tu n'emploies pas les adjectifs qu'il faut. Un plat est « insurpassable » ou « inénarrable ». Et tu dois prononcer la terminaison de ces adjectifs comme un Français trop content de parler castillan. Dis *vichyssoise**, pour voir.

– *Vichyssoise**.

– Avec ta prononciation, ce plat perd toute sa classe. On dirait que tu parles d'une soupe à l'ail.

Plus tard, Teresa se montra surprise par tout ce qu'elle vit. Elle accepta que Pepe fasse un feu dans la cheminée. De la porte donnant sur le jardin, ils contemplaient les flammes, demi-nus : dans le dos, la fraîcheur nocturne de la montagne, sur la poitrine, la chaleur lointaine et mouvante du foyer.

– Quand veux-tu parler de Julio. Avant ou après ?

Carvalho n'était pas disposé à céder un pouce de terrain. Il refoula son désir.

– Tout de suite.

– Je crois que je t'ai dit tout ce que je savais.

– Les clefs. Ces clefs que tu laissais à Julio. Avec qui s'en servait-il ?

– Je n'en sais rien.

L'éclat des flammes décrut tout à coup, ou peut-être était-ce la tension du visage de Teresa qui se relâchait. Toujours est-il que Pepe sut qu'il pouvait la presser comme un citron.

– Si, tu le sais.

– Non.

Pepe avait déjà entendu des centaines de « non » identiques à celui-ci lors d'interrogatoires auxquels il avait participé – victime ou bourreau. Il s'empara de la robe de Teresa, la roula en boule et la jeta dans les flammes. Comme une folle, la jeune femme se leva, courut vers les flammes, faisant mine de les écarter pour récupérer son vêtement. Elle se retourna, ivre de rage, cria un « Imbécile ! » hystérique, décontenancée déjà par la conscience de sa propre image : celle d'une fille en petite tenue, la peau moite, partagée entre le courage et la peur. Carvalho se leva, la rejoignit, saisit sa nuque qu'il serra entre ses doigts, jusqu'à lui faire mal, l'obligeant à s'asseoir par terre contre la cheminée.

– Avec qui allait-il à Caldetas ?

Derrière le ton de la voix apparemment neutre, Teresa essaya de percevoir une menace, elle la devinait tout juste sous des paroles qu'on pouvait croire aimables.

– Je ne sais pas, je te le jure.

– Que sais-tu, alors ?

– Lâche-moi, j'ai chaud.

Carvalho approcha davantage sa tête du feu, accentuant la pression de ses doigts. Sa voix restait aimable.

– Que s'est-il passé à Caldetas ?

Teresa transpirait. La sueur traçait des sillons brillants le long de son cou, perlait entre ses seins, emprisonnés dans un soutien-gorge minuscule qui leur donnait un aspect soyeux de fruits nocturnes et chauds.

– Arrête de faire le malin, je vais te le dire.

Carvalho l'aida à se relever, passa un bras autour de ses épaules et l'emmena jusqu'à la porte, où ils reprirent leur position initiale. Il lui caressa la joue, s'attarda sur les reflets des fruits nocturnes et chauds.

– Ça s'est passé un vendredi. Il y a plusieurs semaines. J'étais allée à Caldetas avec un ami. D'abord je ne me suis aperçue de rien. C'est lui qui a commencé à voir des choses bizarres. Nous avons fini par nous rendre compte que quelque chose ne tournait pas rond. Il y avait des taches de sang mal lavées. Partout. Dans la chambre, dans le lavabo. Dehors, aussi. Dans le jardin, il y avait des traces de pneus, larges, comme celles d'une fourgonnette ou d'un petit camion. Voilà. C'est tout.

Carvalho en avait assez pour le moment, il ne retint plus ses caresses sur la peau nue. Il ôta les derniers voiles, et vit un corps blanc et doré à mi-chemin entre la peur et le désir.

## 28

Il se rappelait confusément avoir raccompagné
Teresa, très vite, et s'être écroulé de sommeil au
retour, sans même prendre le temps d'ouvrir les
draps et de se déshabiller. Il se réveilla tard et ne
descendit en ville qu'après le déjeuner. Pour passer le temps il flâna tout l'après-midi dans le vieux
quartier d'artisans qui entoure le Borne, labyrinthe
d'antiques ruelles tantôt sombres, tantôt baignées
d'une lumière voilée caressant les pierres grises.
Corniches rongées des maisons, sisymbre croissant dans les moindres fissures que l'érosion rend
sablonneuse et où viennent s'accrocher les racines,
écussons armoriés au-dessus des portails, silence
rompu seulement par les efforts des manutention-
naires dans les entrepôts, ou par le tintement de
lointains outils, échappé de porches entrouverts
sur de profonds ateliers qu'éclairent des ampoules
de vingt-cinq watts, à moitié aveuglées par les
chiures de mouches et une couche de poussière
sans âge. Les voitures y circulaient peu, garées
dans les rues les moins étroites. Il but de l'eau
à la fontaine qui fait face à l'église Santa Maria

del Mar, acheta plusieurs sortes d'olives dans une boutique de salaisons, et les mangea tout en marchant, accompagnées d'un petit pain tendre, qu'il avait trouvé, solitaire, presque abandonné sur les rayons déserts de la première boulangerie ouverte de l'après-midi. Nombreux étaient encore les magasins et les ateliers qui conservaient leurs portails massifs en bois décoloré, plantés de clous conservant des restes de la peinture de la porte, des traces d'or de sa splendeur révolue, de la rouille. Trois âges d'une porte, d'une vie d'artisan, s'exprimaient par la petite voix soumise de ces clous, étouffée à coups de marteau dans un bois aussi fibreux que la viande du pot-au-feu.

Dans un restaurant galicien situé en face de l'église Santa María del Mar, il prit un bol de bouillon et une part d'un fromage très tendre, un peu insipide. Au moins, les fromages que lui envoyaient l'oncle et la tante de Galice se laissaient manger. Il ressortit sur la Vía Layetana. Passant devant le siège de la police, il eut son regard de haine habituel qu'il n'avait jamais essayé de justifier : il se sentait mal dans ce coin, il y pressait toujours le pas, comme si tout à coup son cerveau prenait une mesure d'urgence.

Il s'engouffra dans une salle de cinéma. Il supporta un film sexy à l'espagnole, dans lequel le pédé déguisé de service finit par se marier avec une créature à face de crapaud qui lui fera cinq marmots. La créature à face de crapaud était interprétée par la princesse Ira de Fürstenberg. Il fut heureux, en sortant, à l'idée d'aller prendre une *horchata* glacée, puis de monter jusqu'au début des Ramblas et de les descendre à cette heure où la fraîcheur du soir repeuple la promenade centrale de passants et d'êtres contemplatifs, assis sur leurs chaises pliantes installées sous les platanes, qui font de leurs semblables un inépuisable spectacle. Achèterait-il un journal ou vingt-cinq pesetas d'*iguales*[1] à l'aveugle du coin de la rue Buen Suceso ? Il opta pour les *iguales*.

Il gagna le parking de la rue Pintor Fortuny pour y prendre sa voiture. Il allait avoir du mal à se garer assez près du salon de Queta pour pouvoir guetter la sortie des coiffeuses. Il retourna vers les Ramblas par la rue du Carmen. Ce défilé gris débouchait sur la splendeur baroque de l'église de Belén et sur le spectacle rafraîchissant des étalages de fleurs de la promenade centrale. Il se glissa dans le fleuve de véhicules qui se déversait vers le port. La densité du trafic lui permettait de se retrouver à la hauteur de filles que de subites accélérations l'avaient obligé à dépasser, et de jouir, en voyeur assuré de l'impunité, du bruissement d'ombres fraîches qui dessinaient sur les Ramblas des taches d'effervescence nocturne. C'était un véritable univers contenu entre le port et la vaste médiocrité de la place de Catalogne. Les Ramblas avaient gardé la sagesse fantasque des ruisseaux dont elles avaient emprunté le lit. Elles étaient comme de l'eau qui sait où elle va, comme cette foule qui les parcourait à toute heure du jour, disait au revoir nonchalamment aux

1. Billets de loterie équivalent à nos dixièmes.

platanes, aux kiosques multicolores, au capricieux commerce des perroquets et des macaques, au jardin mercenaire des étalages de fleurs, à l'archéologie des édifices qui témoignaient de trois siècles d'histoire de cette ville pétrie d'histoire. Carvalho aimait cette promenade comme il aimait sa vie, parce qu'elle lui semblait irremplaçable.

Il se prépara à tourner pour pénétrer au cœur du Barrio Chino dès qu'il eut dépassé le théâtre du Liceo. L'impatience des véhicules qui le suivaient l'empêcha de trouver une place près de Queta-Coiffure. Il refit un tour complet, retrouva les Ramblas, plongea à nouveau dans le dédale des ruelles, que la nuit rendait encore plus étroites. Il se gara sur le trottoir : il était huit heures du soir, et le zèle des gardes municipaux n'était probablement plus aussi ardent que dans la journée. De là où il se trouvait, il pouvait observer sans risque la façade du salon. Il y avait de la lumière, mais les rideaux et les photos de modèles, en vitrine, l'empêchaient de voir l'intérieur. Il brancha l'autoradio et le bourdonnement de l'antenne automatique rameuta deux badauds. Carvalho introduisit dans la gueule noire de l'appareil une cassette des Bee Gees. Ils étaient pour lui l'incarnation parfaite du peine-à-jouir.

Il eut le temps d'écouter la cassette recto et verso et d'allumer un cigare archi-sec qu'il trouva dans la boîte à gants. Mais, au moment où il remettait l'allume-cigare à sa place, il vit une fourgonnette se garer sur le trottoir derrière sa voiture et klaxonner trois fois. Personne n'en descendit. La porte du salon de coiffure s'ouvrit peu après, et Bouboule sortit précipitamment. Carvalho plongea vers le levier de vitesse quand la grosse, courant vers la fourgonnette, frôla sa fenêtre. Lorsque Carvalho releva la tête, il vit dans le rétroviseur la fille qui grimpait à l'avant de la fourgonnette. Il attendit que le véhicule eût manœuvré pour quitter son stationnement, puis il mit le contact. Quand il eut devant lui le trapèze blanc de l'arrière de la fourgonnette, il le prit en point de mire. Le chauffeur empruntait les petites rues vers les Ramblas. La circulation était moins dense. Carvalho contourna, derrière la fourgonnette, le monument de Christophe Colomb. Ils prirent la direction de la place du Palacio, tournèrent, comme tout le monde, à angle droit devant le parc de la Citadelle et, traversant la ville, empruntèrent le pont de Marina, pour aller rejoindre l'autoroute en direction de Badalona. Carvalho suivait.

29

Le plus difficile fut de ne pas la perdre dans le dédale de ruelles qui menaient au Paseo Marítimo de Badalona. La fourgonnette s'arrêta près des baraques d'une fête foraine, à côté d'un manège illuminé d'où sortait à flots la musique de *Love Story*. Bouboule descendit, acheta une glace à un marchand ambulant dont l'éventaire était éclairé par une ampoule bleue, et remonta dans la camionnette. Ils roulaient de nouveau. Carvalho constata que le Paseo Marítimo cédait peu à peu la place à de grands entrepôts dont les rudes silhouettes étaient plongées dans l'obscurité. Manœuvrant au milieu de bidons et d'embarcations démantelées, la camionnette s'engagea dans une impasse. Elle pénétra ensuite dans une cour ornée de pots de fleurs et d'une treille touffue, fixée à une armature métallique peinte au minium, traversa la cour et s'engouffra sous un hangar.

Carvalho gara sa voiture au coin de l'impasse, d'où il apercevait l'enseigne à demi effacée suspendue au-dessus de l'entrée de la cour : *Chantier naval Ginés Larios*. Le panneau semblait correspondre à une destination ancienne de l'établissement, car un autre écriteau, plus petit mais plus récent, précisait sa fonction actuelle : *Dépôt de produits congelés*. Le bruit du moteur de la fourgonnette s'était tu. Carvalho descendit de sa voiture et pénétra d'un pas rapide dans la ruelle, puis dans la cour qui se prenait pour un jardin. Ses yeux surveillaient tout, si vite qu'il aurait eu du mal à s'arrêter en cas de danger, il se retrouva sous le hangar, comme porté par une impulsion irraisonnée, le dos plaqué contre la tôle froide de la camionnette, l'oreille aux aguets. Il distingua peu à peu, émergeant de l'obscurité, des formes irréelles. Tout au fond de l'entrepôt, il y avait une petite porte éclairée vers laquelle il se dirigea. Un escalier métallique prenait naissance pratiquement sur le seuil. Des bruits de vaisselle, les échos d'une vie familiale parvenaient de l'étage supérieur.

— Et si on dînait dehors, sous la tonnelle ?

— Ta mère aurait froid.

Maintenant, Carvalho y voyait suffisamment pour examiner toute l'étendue de l'entrepôt. De l'autre côté de la fourgonnette, il aperçut une autre porte. Il l'ouvrit, et fut surpris par la proximité du sable et de la mer, de la nuit constellée de lumières lointaines qui se reflétaient sur l'eau. Les murs du hangar fermaient juste un angle de plage. Une barque de pêche vermoulue et un hors-bord en fibre de verre, son moteur protégé par une housse en caoutchouc, reposaient sur le sable. Carvalho grimpa dans chacune des deux embarcations et palpa de la main tous les recoins. Il était dans le hors-bord quand il se rendit compte avec un haut-le-cœur que la fenêtre de la pièce d'où provenaient les rumeurs familières donnait sur la plage. Il lui sembla même voir se pencher quelqu'un et il plongea au fond du bateau. Il n'y avait personne.

Il sauta sur le sable et retourna sous le hangar. Rien n'avait bougé. Il palpa les formes qui y étaient entassées. Le magasin sentait l'iode et le poisson. Carvalho ouvrit la fourgonnette et y monta. L'odeur de poisson y était plus intense encore. Il ouvrit des bacs en zinc pleins de poissons congelés enveloppés dans des sacs en plastique. Il fouilla les bacs et passa ensuite dans la cabine du chauffeur. D'un vide-poches situé face au siège du passager, il retira un bloc de bons de livraison, des chiffons sales et des lunettes de soleil. La carte grise portait une adresse qui devait correspondre à l'endroit où il se trouvait, et le nom du propriétaire correspondait à la raison sociale de la vieille enseigne. De l'escalier lui parvinrent des bruits plus nombreux. Il repassa dans la partie marchandise de la camionnette et, de la vitre arrière, observa comment la famille au grand complet – un couple d'âge mur, deux jeunes garçons, Bouboule et une vieille femme vêtue de noir – défilait chargée d'assiettes, de marmites, de chaises et d'une table pliante, occupait l'espace du petit jardin et improvisait une salle à manger en plein air.

– Qu'est-ce qu'il y a pour dîner, maman ?

– Du *cascaburras*[1].

1. Variante de l'*atascaburras*, « étouffe-bourriques », sorte de brandade populaire faite de morue, de pommes de terre et de piment sec.

– Encore !

– Ton père aime ça, et il m'en demande tous les jours. Il ne manquerait plus que je me mette à faire la cuisine pour chacun.

La femme parlait avec l'accent de Murcie, en avalant les finales.

– Alors, dit le père, tu n'aimes plus le *cascaburras* ? Avant, tu adorais ça.

Carvalho essayait de se rappeler ce que c'était que ce fichu *cascaburras*. De l'endroit où il était, il n'apercevait que des lambeaux de la scène et il lui sembla distinguer, sur un plat de terre émaillée, une masse rougeâtre. La devinette culinaire l'absorba au point de lui faire oublier qu'il ne pouvait abandonner son refuge et, quand il fallut le faire, il fut surpris par l'évidence de sa condition d'homme qui se cache. L'odeur de poisson lui donnait mal au cœur. Il préféra gagner la plage. De là, il avait la possibilité d'enjamber la palissade qui bordait l'entrepôt, parcourir quelques mètres sur le sable, franchir une autre clôture et atteindre ainsi les lumières les plus proches, qui devaient correspondre à une zone habitée. Mais il risquait, au retour, d'avoir du mal à récupérer sa voiture. Il préféra attendre qu'ils finissent de dîner et débarrassent le plancher.

Il s'allongea sur le sable, le corps collé contre le hors-bord. Dans la position où il se trouvait, le bateau semblait bien plus grand et soudain il vit comme s'il y était l'embarcation sillonnant la mer. Quelque chose passait par-dessus bord. Un corps humain. Qui montrait, au moment où il tombait sur Carvalho, son visage rongé. Pepe fut écrasé par le poids de cette révélation imaginaire. Badalona était tout près de Vilassar et de Caldetas. Rien de plus facile, depuis cette partie de la plage, que d'embarquer n'importe quelle marchandise. Le corps de Chesma pouvait avoir été embarqué là, sur ce bateau qui surplombait Carvalho et semblait le recouvrir d'un linceul luisant.

La porte du hangar s'ouvrit. Un homme avança lentement sur le sable, une cigarette aux lèvres. Il passa entre le hors-bord et la barque et marcha jusqu'aux vagues nocturnes qui déposaient sur le sable une écume bruissante et légère. L'homme resta face à la mer comme s'il voulait en imprégner sa rétine nue. Il porta ses mains au milieu de son corps, écarta les jambes, et Carvalho vit le jet d'urine, le bruit de cascade couvert par la rumeur légère des vagues. L'homme se secoua pour achever l'opération et remit l'objet en place. D'un instant à l'autre, il se retournerait. Carvalho aurait beau se plaquer contre l'embarcation, il resterait à découvert. Quand l'homme entama son demi-tour, Carvalho se laissa glisser du hors-bord jusqu'à l'intérieur de la barque. Il s'aplatit contre le sol et porta une main à son aisselle, pour y trouver la matière reptilienne de la crosse de son revolver. Carvalho caressait le métal du bout des doigts. Les pas se rapprochaient, distinctement. Ils étaient à hauteur de la proue. Ils repassaient entre les deux embarcations. Carvalho s'était couché sur le dos, au cas où l'homme se pencherait à l'intérieur de la barque.

Mais les pas s'éloignèrent. Carvalho relâcha la

pression de ses doigts sur la crosse de son revolver. Une certaine sensation d'oppression dans la poitrine disparut et il se laissa aller confortablement au fond de l'embarcation. Il entendit le bruit de la porte qui se refermait. Il percevait à nouveau la fraîcheur de la nuit sur son front maintenant baigné de sueur. Résigné, il se disposa à attendre le temps que lui dicterait la prudence.

Il était quatre heures du matin lorsque Carvalho rentra chez lui, à Vallvidrera. Il accusait cette fatigue que laissent les heures vécues plutôt deux fois qu'une. Il se prépara un sandwich de viande froide, salade et mayonnaise. Il ouvrit une boîte de bière hollandaise et s'allongea, sans avoir le courage d'allumer un feu. La nourriture lui redonna envie de réfléchir. Il y avait un lien entre Chesma et Ramón ; il y avait un lien aussi entre Ramón et le père de Bouboule. Le triangle se refermait avec une ligne conduisant Chesma jusqu'à la mer qui avait rejeté son corps sans visage, avec, pour unique marque d'identité, le mystérieux tatouage.

Néanmoins, les raisons pour lesquelles M. Ramón avait soulevé ce lièvre restaient inexplicables. Pourquoi lui avoir demandé de retrouver le nom de sa victime ? Soit il ne le connaissait pas, soit il avait intérêt, à un titre ou à un autre, à demander à Carvalho d'intervenir, de mener l'enquête qui déboucherait sur un résultat insoupçonné. S'il s'agissait d'un règlement de comptes entre trafiquants, les motivations de M. Ramón pour engager un détective privé n'apparaissaient pas clairement.

Et s'il ne s'agissait pas d'un règlement de comptes

entre trafiquants, quel rapport y avait-il entre le propriétaire d'un banal salon de coiffure et un homme né pour révolutionner l'enfer ?

Ce fut la dernière pensée de Carvalho avant de s'endormir. Vers onze heures du matin, il fut réveillé par la lumière et par l'envie de boire un jus d'orange glacé. Carvalho savait gré à son corps de connaître exactement ses propres besoins. Il avait hérité les théories de son père, qui prêtaient au corps une science infuse et absolue de ses besoins et de ses refus. Lorsqu'il surprenait chez lui un appétit constant de sucreries, il se disait : Mon corps a besoin de glucose. Quand il était pris de fringales répétées de fruits de mer, il pensait : Mon corps a besoin de phosphore. Et s'il se sentait une envie de lentilles, il en déduisait qu'il manquait de fer. Il ne se serait jamais laissé aller à pontifier sur pareille lucidité physiologique, mais elle lui avait servi à vivre trente-sept ans sans la moindre maladie, mis à part un ou deux rhumes de cerveau, qui avaient toujours coïncidé avec des orgies d'oranges et de citrons.

Il était au plus haut point contradictoire qu'il se réveillât avec une soif de jus d'orange à une époque de l'année où les oranges ne peuvent s'attirer que le mépris des personnes sensées, et il se contenta d'un jus de citron avec des glaçons et très peu d'eau. Il fallait qu'il parle à Teresa Marsé. Qu'il se baigne, aussi, et il descendit les rampes du Tibidabo avec l'intention de satisfaire ces deux besoins. Il pénétra dans le magasin de la jeune femme, prêt à lâcher sa proposition. Teresa se trouvait dans l'arrière-boutique, la bouche pleine d'épingles, en train d'essayer une robe sur un mannequin. Elle ne s'émut pas quand Carvalho surgit devant elle et lui proposa sans préambule de tout laisser en plan et d'aller se baigner. Mais elle mit assez de temps à répondre pour que Pepe doutât de sa complicité et adoptât une attitude méfiante et réservée. Un ange passa. Enfin, bravant la menace sadique des épingles, les lèvres de Teresa remuèrent.

– Attends-moi. J'en ai pour un instant.

Carvalho apprécia l'exactitude avec laquelle la promesse fut tenue. Charo serait revenue sur ses pas vingt fois, trouvant soudain un tas de choses à faire avant d'être prête « en un instant ». Mais Teresa fut réellement prête « en un instant » et la seule surprise qu'elle réserva à Carvalho fut de quitter sa perruque blonde à la Angela Davis. Elle avait des cheveux bruns. Elle se recoiffa en deux ou trois savants coups de peigne et se retourna vers Carvalho, prête pour l'aventure. Sans sa caricaturale crinière, Teresa retrouvait une incontestable identité de fille de la haute bourgeoisie, aux traits bien entretenus par une bonne alimentation et une hygiène de vie régulière et cette liberté dans l'expression que donne au visage la sérénité de l'acrobate travaillant avec filet. Charo travaillait sans filet depuis sa naissance et Carvalho surprenait parfois sur son visage le rictus canaille de ceux qui tuent pour se défendre ou la peur de ceux qui redoutent la chute. Le schématisme des visages prolétaires est celui des cariatides : du rire ou des larmes. Le visage de Teresa Marsé avait la placidité logique du matériau qui se sait homologué partout, par tous les temps.

Teresa portait un sac de plage d'une main et tirait Pepe de l'autre. Il fut rapidement décidé qu'ils prendraient sa voiture à lui.

– À quelle plage va-t-on ? Du côté de Castelldefels ou de Garraf, il y a toujours un vent désagréable.

– Allons plutôt vers le nord. Que dis-tu de Caldetas ?

Contrairement à ses prévisions, Carvalho n'avait eu aucun mal à amener Teresa à faire cette proposition. Le voyage se déroula dans le mutisme qu'imposait l'attention que Teresa portait à la radio ou aux cassettes. Lorsque l'appareil diffusait une musique qui lui convenait, la jeune femme s'enfonçait dans son siège, les yeux fermés et les bras derrière la nuque. Carvalho en profitait pour parcourir du coin de l'œil les maigres reliefs de son corps, soudain mis en évidence sous sa robe. Teresa ne manquait pas de séduction, une séduction qui provenait de sa manière d'être et d'une éducation pour l'amour que laissait deviner le naturel de son jeu, un savoir-faire scénique qui s'adapterait parfaitement à toutes les circonstances.

– On arrive.

Teresa sembla se réveiller. Sans hésiter, elle fit passer sa robe par-dessus ses épaules et se retrouva en bikini. Carvalho examina son corps méthodiquement, en connaisseur. Comme il achevait sa seconde inspection des pieds à la tête, son regard croisa celui de Teresa, qui souriait.

– Pas mal ?

– Pas mal.

Elle se mit à rire, prit Carvalho par le bras et approcha puis retira sa joue de son épaule en une fraction de seconde. La voiture descendait vers le centre de Caldetas et le passage sous la voie de chemin de fer. Le décor, fait de maisons liées à toute l'histoire du modernisme catalan, donnait l'impression que l'on pénétrait dans une agglomération plus propice aux jouissances du musée qu'aux bains de mer. Ces édifices « liberty », défraîchis et noircis pour la plupart, induisaient la présence, sur la plage, d'une colonie de baigneurs *Belle Époque\**, de promeneurs munis d'ombrelles et portant gilet, pratiquant une *politesse\** cérémonieuse et échangeant des réflexions comme : « Nous avons une bien belle matinée. »

Sur le sable, toutefois, le dos tourné au paysage architectural, on retrouvait le panorama de n'importe quelle plage du Maresme[1], fait de sable précaire et de baigneurs fuyant la pollution des plages de Barcelone et de ses environs immédiats. Alors que, sur les plages du sud de la ville, on rencontrait les amies de Charo occupées à faire dorer leur fonds de commerce ou de beaux bruns en quête d'aventure, moulés dans leur maillot de bain jusqu'à l'évidence, les plages du nord rassemblaient des bourgeoises en mal de vacances, entourées de gamins qui se mettaient à courir tout

1. Zone côtière fertile qui s'étend du nord de Barcelone jusqu'à la province de Gérone, et se caractérise par un sol extrêmement humide.

à coup en criant « Papa ! Papa ! » lorsque le chef de famille arrivait sur la plage, une fois terminée sa journée continue.

Teresa se lança à l'eau avec l'assurance que donnent l'habitude et la maîtrise d'une brasse sans défaut. Carvalho s'allongea sur le sable et, les mains croisées derrière la nuque, contempla la perpendiculaire rapide qu'elle traçait depuis le bord, comme un sillon tiré au cordeau. Elle sortit, courut en s'ébrouant pour se débarrasser des dernières gouttes d'eau et s'affala à côté de Carvalho, pour retrouver la douceur de la serviette qui l'attendait sur le sable comme une place de parking.

Carvalho n'aimait guère lézarder au soleil. La jeune femme, elle, faisait preuve d'une évidente solidarité thermostatique avec ses congénères, animaux à sang froid qui ont besoin du soleil et sont capables de se soumettre à ses rayons avec la béatitude du communiant ou le ravissement du mystique prêt au don de soi. Le visage de Teresa atteignait les limites de l'extase. C'était plus que Carvalho n'en pouvait supporter et il préféra se baigner, bien qu'il n'eût guère envie d'entrer dans l'eau. Il avait le nez bouché, sensation qu'il attribua à l'humidité de la veille au soir, d'où sa soif matinale de jus d'orange. Il plongea pourtant, et nagea quelques instants pour faire comme Teresa et retourner près d'elle avec une preuve, minime certes, de solidarité.

## 30

– J'ai faim, dit Teresa. (Pour une fois, elle n'ajouta pas : « Allons manger quelque chose, n'importe quoi. ») On pourrait aller au restaurant. Il doit y en avoir de bons, par ici. Lorsque nous venions en vacances, avec mes parents, nous en fréquentions un, sur le Paseo Marítimo, je ne sais pas s'il existe encore. On peut aussi prendre un sandwich et une bière, remarque. Il y a une buvette au début du Paseo. Ça nous laisserait du temps et je te montrerais la maison.

Carvalho sentit quelque chose se nouer dans sa gorge. Il ne répondit pas, de peur de bafouiller. Ils se séchèrent et se dirigèrent vers la voiture. Carvalho attendit dehors pendant que Teresa se changeait. Elle enfila sa tunique et ôta par en dessous son bikini mouillé puis, glissant sa serviette sous le vêtement, essuya soigneusement les parties intimes de son corps. Carvalho noua sa serviette autour de sa taille et fit tomber son maillot. Il monta dans la voiture et s'habilla en prenant garde qu'aucun passant ne l'aperçoive imprudemment nu.

– Allons-y à pied. C'est à côté. On prendra la voiture après, pour rejoindre la maison.

La main dans la main, ils remontèrent jusqu'au Paseo. La buvette était assaillie par les baigneurs et par d'autres, déjà retournés à la civilisation du vêtement, tous attirés par les odeurs de saucisse grillée. Carvalho constata avec plaisir que le choix ne se limitait pas à l'impérialisme de la saucisse de Francfort, mais qu'il y avait aussi des *grovers* sur le gril. Redoutant que Teresa ne liât le sort de leur estomac à la vulgarité des saucisses de Francfort, il s'empressa de suggérer :

– Et si on prenait des *grovers* ?

– Je n'en ai jamais mangé. Qu'est-ce que c'est ? Les blanches, là ?

– Non, mais les blanches, comme tu dis, sont bonnes aussi. On peut en prendre une de chaque, une blanche et une *grover*.

– Et pas de Francfort ?

À cette idée Teresa semblait s'égarer dans le désert de son propre estomac.

– Prends-en une, mais je te conseille de goûter la *grover*.

Carvalho opta pour le ketchup, Teresa s'en tint à la moutarde. La bière à la pression était assez bonne, et Pepe constata non sans surprise qu'après une *grover* et une saucisse de Francfort, Teresa était capable d'avaler un hot dog en guise de dessert.

– C'était excellent. Je ne connais qu'une charcuterie dans tout Barcelone qui fait des saucisses pareilles.

– Où ?

Carvalho lui donna l'adresse et lui expliqua comment y aller. La jeune femme était à la fois attentive et amusée. Ils retournèrent à la voiture et Teresa guida Carvalho jusqu'à la grille qui donnait accès à sa maison. Elle descendit, ôta le cadenas et la chaîne qui maintenaient fermés les deux ventaux, qu'elle ouvrit en grand. Un chemin recouvert de petits cailloux partait à droite et à gauche d'un massif de végétation compacte d'où émergeait un buisson de palmiers nains. Carvalho s'engagea à droite. Serpentant entre des haies négligées de lauriers-roses opposant la faible résistance de leurs branches trop longues à la progression de son véhicule, des murets de maçonnerie décorés de carreaux de faïence à décor, des vasques de faïence où croissaient de véritables forêts de géraniums exubérants, le chemin débouchait au pied de la façade. L'immense édifice de pierre presque rouge était surmonté d'un dôme hérissé de tourelles pointues aux toits recouverts de tuiles vernissées.

Un perron en mosaïque multicolore conduisait à une triple porte ogivale découpée dans la masse de grès violacé où des milliers d'éclats de verre et de faïence, incrustés dans le mur, scintillaient comme des pierres précieuses.

Teresa arrivait, haletante.

– Pourquoi tu ne m'as pas attendue ?

Elle ouvrit la porte du milieu, qui donnait sur le hall immense. L'humidité semblait y avoir une existence réelle, trouée comme un gruyère par les rayons de soleil de couleurs qui filtraient à travers les vitraux multicolores. Tous les arts et métiers de la Catalogne médiévale et de la Renaissance étaient représentés sur les vitraux en une polychromie à peine altérée par le verre brisé de place en place. Les murs étaient hauts, sillonnés de nervures gothiques interrompues çà et là par des bas-reliefs en stuc peint en brun, autrefois brillant. Devant un escalier de marbre presque noir, au pied de la balustrade, un grand saint Georges en plâtre écaillé levait sa lance au-dessus d'un lézard-dragon qui se tordait de fureur. La mise en scène culminait au fond, sur le premier palier, dans l'apothéose d'une rosace reproduisant le drapeau catalan, exaltation voulue par une bourgeoisie dans la plénitude de sa maturité et de sa volonté créatrice, au faîte de sa toute-puissance.

– Il est inutile que j'essaie de tout te montrer. Il y a des pièces où je ne suis pas entrée depuis que j'étais petite. Elles sont fermées. Lorsque nous venions en vacances ici, nous avions besoin de quatre domestiques.

Sur un côté de l'escalier, au rez-de-chaussée, s'ouvrait une bibliothèque lambrissée, et le bois faisait au plafond des stalactites imitant les frondaisons d'une forêt d'horreur. Pas un centimètre de mur sans livres. Ils passèrent au salon, où les fauteuils défraîchis semblaient attendre qu'un feu s'allumât miraculeusement dans une grande cheminée de pierre grise, réplique de ces foyers que l'on ne trouve que dans les mas les plus isolés du pays. Carvalho examina l'âtre avec attention. Pas trace d'une méchante bûche depuis au moins les cinq cents dernières années, se dit-il, indigné. Du salon, on passait dans une salle à manger, aussi majestueuse que la salle du conseil d'une banque anglaise, décorée selon les directives de William Morris, dont la sévérité de l'inspiration gothique était compensée par les quatre toiles de Sunyer accrochées aux murs, scènes de travaux agricoles, remarqua Carvalho sans aucun enthousiasme. De là, on sortait dans un couloir dont l'étroitesse était soulignée par les profondes armoires qui le meublaient, et on arrivait dans les cuisines où flottaient encore les relents rances des derniers mijotages du passé. Une cuisine irrationnelle, encombrée de batteries bosselées accrochées aux murs et de fourneaux à charbon recouverts de carreaux de faïence maltraités par la chaleur et les lavettes trop humides.

Un couloir, semblable à celui qui la reliait à la salle à manger, partait de la cuisine. Il conduisait au hall d'entrée et comportait, en son milieu, un escalier qui descendait à la cave.

– Les chambres sont en haut.

Teresa commença à grimper les marches deux par deux, Carvalho dans son sillage. Ils s'arrêtèrent devant les battants de bois sculpté d'une porte qui donnait sur la grande chambre. Un lit haut, gothique, à baldaquin. Une coiffeuse néoclassique à miroir inclinable. Une commode d'acajou avec des motifs floraux et un dessus de marbre sillonné de fissures noircies. D'abord, Carvalho ne prêta pas attention au tableau suspendu face au lit. Il le vit ensuite, au moment où Teresa le prit par la main et l'attira jusqu'à l'estrade de bois qui permettait de grimper sur le lit. Il s'allongea et, avant d'entrer en action, parcourut les murs des yeux une dernière fois. Au-dessus de la commode, il y avait un tableau aux couleurs horribles, presque phosphorescentes. Le genre de peinture moralisatrice que la bourgeoisie pieuse plaçait dans l'alcôve pour écarter la tentation de remonter la chemise de nuit à trou ou de se lancer dans la reproduction *in vivo* d'une plaisanterie obscène. Le tableau retraçait l'épisode biblique de la révolte de Lucifer. L'ange rebelle y était figuré dans un angle inférieur, l'œil plein de défi, mais vaincu, le pied sur la première marche de l'escalier mystérieux que lui désigne l'archange Michel brandissant son épée.

— Né pour révolutionner l'enfer, murmura Carvalho au moment où la peau de Teresa irradiait sous sa paume et qu'une main de la jeune femme se glissait comme une colombe froide sous sa chemise.

## 31

– Il va falloir rentrer. Ton fils t'attend.

– C'est son père qui s'en occupe aujourd'hui. C'est l'anniversaire de sa grand-maman. Elle l'a invité à goûter.

Un « grand-maman » lourd de sarcasme. Carvalho, enveloppé dans un drap de couleur jaunâtre, s'était blotti contre le corps de Teresa. Dans sa position, il ne voyait que la soie bombée du ciel de lit ou le tableau de Lucifer, s'encadrant précisément entre deux colonnes du baldaquin.

– Julio a passé de nombreuses heures dans ce lit ?

– Quelques-unes. Pourquoi ?

– Regarde.

Teresa se redressa à demi pour observer la toile.

– Je ne me rappelais pas que ce tableau était là (elle se recoucha en s'écartant un peu cette fois du corps de Carvalho). Quand tu es au lit, tu parles toujours de ceux qui y ont couché avant toi ?

– Nous avons peu de sujets de conversation en commun.

– S'il ne s'agit que de cela, pose-moi des questions. Je suis un livre ouvert.

– Est-ce qu'il t'a parlé de son tatouage ?

– Quand je l'ai vu, je me suis mise à rire comme une folle. Je lui ai demandé de le faire enlever. Mais il a refusé.

– Vous vous êtes connus à son retour de Hollande, il y a deux ans. Combien de temps vous êtes restés ensemble ?

– Pas longtemps. Quatre ou cinq mois. Après et jusqu'à ces derniers temps, nous nous sommes vus de façon épisodique.

– Il te demandait souvent la clef d'ici ?

– Au début, oui. Après, je lui ai dit de faire faire un double. C'était plus pratique.

– Vous ne vous êtes jamais retrouvés ici en même temps ?

– Si. Une fois. Je n'ai pas voulu te le dire, l'autre nuit, parce que tu m'avais fait peur. Cela remonte à sept ou huit mois, en janvier, je crois. J'étais venue en compagnie d'un membre de la famille impériale iranienne. Tu as bien entendu. Un cousin germain du shah avec qui j'avais été en correspondance à propos de bibelots. J'ai tout de suite remarqué qu'il y avait quelqu'un, car la grille du jardin était ouverte. Mais il y a tellement de chambres dans la maison ! J'ai consulté Son Altesse, qui n'était pas très chaude, mais qui a fini par accepter de rester. Nous sommes entrés et nous nous sommes installés dans une chambre qui se trouve de l'autre côté de l'étage où nous sommes. J'étais morte de curiosité. Je suis venue jusqu'ici et, tout doucement, j'ai ouvert la porte. Julio était allongé sur ce lit. Il semblait dormir. À côté de lui, il y avait une femme d'un certain âge. Enfin, ce n'était pas une vieille non plus. Une femme d'une quarantaine d'années, tout au plus. Elle ne dormait pas. Elle semblait regarder à travers les volets du balcon. Ils étaient entrouverts et elle regardait vers l'extérieur.

– Julio ne t'a jamais parlé de cette femme ?

– Non.

– Décris-la-moi.

– Un drap, et au bout du drap un visage bronzé, des traits épais, des yeux, une bouche, etc. Elle semblait bien en chair sous son drap.

Le corps mûr de Queta cadrait mieux dans ce décor que la minceur étudiée de Teresa. Ce que Carvalho avait du mal à imaginer, c'était les sensations que pouvait ressentir une coiffeuse du cinquième arrondissement de Barcelone dans ce sanctuaire, voué au repos d'une classe sociale qui lui était étrangère. Pepe revoyait les années quarante, avec une netteté aussi miraculeuse que la Plaza del Padró, née de la confluence de différentes rues du cinquième arrondissement. Il se souvenait des chansons qui montaient dans les cours avec le ronron des machines à coudre ou le tintement des assiettes et des plats. Et il se souvenait surtout d'une chanson que chantaient les femmes qui avaient alors l'âge qu'avait Queta aujourd'hui :

*Il arriva un bateau au nom d'ailleurs,*
*Elle le rencontra sur le port dans le soir.*

C'était un chant d'amour pour un étranger « grand et blond comme la bière », avec un « cœur tatoué sur la poitrine ». Pour la première fois, Julio avait rencontré une femme psychologiquement inférieure : Queta ne lui apportait ni culture ni expériences nouvelles mais lui demandait simplement communication et solidarité, peut-être aussi l'enrichissement personnel qu'il pouvait lui apporter, ce mystère de la jeunesse et des contrées lointaines qui avait définitivement quitté M. Ramón. Pour cette femme-là, le tatouage avait un sens, il était la devise de toute une vie, l'aboutissement de longues confidences faites dans un lit à baldaquin qui leur était étranger à l'un comme à l'autre, mais où la dérive entre la pauvreté et le néant avait conduit l'homme à donner forme, en une image et quelques mots, à l'idée qu'il se faisait de son existence et à sa rage : *Né pour révolutionner l'enfer.* Une telle devise n'avait pas été tatouée pour la veuve de Rotterdam, rédemptrice d'autodidactes, ni pour la jeune Teresa Marsé, pie voleuse, inconstante, ni pour la Pommade, ni pour aucune femme à louer. Carvalho éprouva subitement l'envie d'effacer la scène qu'il pressentait, de sauter du lit et de courir, l'arme à la main, porter l'estocade finale.

Il se redressa avec la rapidité d'un homme qui fuit.

– Fini ? L'après-midi est terminé pour toi ?

– Oui.

– Tu te contentes toujours d'un voyage aller ?

– Ça dépend avec qui je voyage.

– Merci beaucoup.

Voyant de la moquerie dans les yeux gris de Teresa, Carvalho se dit qu'il fallait remettre ça s'il voulait sauver la face. Mais il se découvrait soudain une radicale absence d'intérêt pour cette femme si maigre, qui raconterait probablement cette expérience à son mari ou à sa bande d'amis piranhas, dans une cafétéria de la rue Tuset.

– J'avais calculé mon temps en fonction du tien. Je croyais que tu devais aller chercher ton fils à l'heure habituelle, et j'ai pris rendez-vous.

Teresa sembla se satisfaire de l'explication. Elle s'habillait, le dos tourné à Carvalho, et lui parla sans se retourner :

– Tu es de la police, n'est-ce pas ?

– Qu'est-ce qui te le fait croire ?

– Je l'ai remarqué depuis le début. Tu interroges comme un policier.

– Non, vois-tu, je ne suis pas de la police.

– Pourquoi un tel intérêt pour Julio ?

– Une affaire qu'on m'a confiée. Je suis détective privé.

Teresa éclata de rire. Le fou rire l'envahit au point de la jeter sur le lit, à moitié nue. Elle en pleurait et quand elle parvint à maîtriser sa crise, elle dut sécher ses larmes.

– Avec qui est-ce que j'ai couché, Hercule Poirot, le commissaire Maigret ou Philip Marlowe ?

– Si tu préfères, tu peux dire que tu as couché avec Lemmy Caution ou James Bond.

– Je n'aime pas James Bond.

– Alors avec qui tu voudras. Grâce à moi, tu as connu la grande expérience de ta vie.

– Mon aventure avec le cousin du shah a été autrement amusante, crois-moi. Et il n'avait pas de rendez-vous, lui. Un homme bien élevé, de ceux dont on se souvient longtemps.

– Tu as un mari pour ça.

Ils fermèrent la grande maison, remontèrent en voiture et retournèrent en ville sans desserrer les dents. Teresa n'alluma même pas la radio. Au moment où il freinait devant la boutique, Carvalho lui dit :

– Trouve-toi un alibi pour toute la première quinzaine de juillet. Ce que tu as fait à chaque instant. Un alibi valable et pas compliqué.

– Pourquoi ?

– Il est plus que probable que c'est à cette époque que Julio a été tué. Peut-être bien à Caldetas, dans ta maison. En tout cas, sa mort est en rapport avec les rendez-vous qu'il avait chez toi. Et la police va le découvrir d'un moment à l'autre.

– Une affaire de drogue ?

– C'est ce que je croyais. Mais je ne le pense plus, maintenant. Trouve-toi un alibi.

– Je dois te remercier ?

– Même pas. Fais simplement ce que je te dis et, si la police t'interroge, ne mentionne surtout pas mon nom.

Teresa descendit de voiture. Depuis la porte de la boutique, elle lui jeta un dernier regard de doute.

## 32

Charo se contenta de remarquer :

– C'est la plus mauvaise heure.

– Je m'en vais tout de suite.

– Tu passes des jours entiers sans donner signe de vie, et quand tu débarques, tu choisis le plus mauvais moment.

– Est-ce que l'Andalouse est ici ?

– Non.

– Comment est-elle coiffée ?

– Comment veux-tu qu'elle soit coiffée ? Normalement.

– Je lui paie le coiffeur et je vous invite à dîner un de ces jours si elle retourne là-bas.

– Mais il n'y a pas deux jours qu'elle y est allée.

– Qu'elle se décoiffe.

Carvalho écrivit un mot sur un papier qu'il glissa dans une petite enveloppe format carte de visite.

– Tiens. Tu donneras ça à l'Andalouse. Qu'elle aille au salon demain, et qu'elle profite d'un moment de calme pour glisser ce mot à Queta sans être vue.

– Ben voyons. Et maintenant salut, pas vrai ?

– C'est ton heure de pointe. Je ne crois pas que

tu apprécierais que je me retrouve nez à nez avec tes clients.

– Mes clients et toi, vous pouvez aller vous faire foutre.

Charo sortit du living, s'engouffra dans la cuisine, claqua la porte. Carvalho l'entendait crier, comme si elle se disputait avec elle-même. « Tous des enfants de salaud ! » « Idiote, triple idiote. Tu n'es qu'une idiote ! » Décevoir deux femmes le même jour, c'était beaucoup. Il repartit par où il était venu. Il attendit sur le palier l'inévitable apparition réconciliatrice de Charo. La jeune femme avait le visage mouillé et une voix plaintive quand elle passa la tête par l'entrebâillement de la porte.

– Tu t'en vas ?

– Tu n'es pas dans un bon jour.

– Pas au point de me laisser tomber sans rien dire.

– J'ai beaucoup de travail demain toute la journée. Libère-toi pour dîner. On pourrait aller quelque part.

– Tu passeras me prendre ?

– D'accord. À neuf heures.

Carvalho regagna les Ramblas et prit la direction du port. En arrivant à la hauteur de l'église Santa Mónica, il quitta la promenade centrale, traversa la chaussée de droite et s'engagea dans la ruelle qui longeait l'église sur la gauche. Il entra dans un bar nommé El Pastis et demanda une anisette. La patronne avait une mémoire visuelle d'éléphant.

– Ça fait un bout de temps.

Carvalho lui adressa un sourire censé lui communiquer l'impression fugace du fatalisme qui doit accompagner les coïncidences et les absences.

– Mais tout le monde finit par revenir. Regardez-moi ceux-là.

Un groupe de jeunes gens avalait de grands verres d'eau à peine teintée de pastis. Ils avaient les joues en feu et paraissaient jouer leur vie à chaque mot qu'ils disaient. L'un d'eux voulait à toute force chanter *L'Internationale* tandis qu'un autre s'efforçait d'improviser un discours pour saluer à sa manière les trente-trois années de paix franquiste.

– Ils reviendront dans quelques années. Quand ils seront devenus des messieurs. Comme celui-là, une sommité, vous savez.

La patronne d'El Pastís montrait un homme d'une trentaine d'années, déjà bien imbibé, qui se redressa en s'aidant de ses coudes appuyés sur le comptoir afin d'exhiber son corps à Carvalho, important, plein de morgue.

– Vous vous rendez compte ? Quand je l'ai connu il était étudiant, et maintenant, le voilà devenu une sommité.

– Félicitations.

La sommité observait Carvalho d'un regard trouble, prête à mordre au moindre soupçon de scepticisme.

– Il est professeur d'université.

Grand, l'air d'un Bourbon déchu, l'ivrogne avait des traits que l'on a coutume de qualifier de réguliers selon les canons néoclassiques. La sommité princière se mit à palabrer dans une langue qui pouvait être de l'arabe. Il s'adressait à Carvalho et la patronne du bar, captivée, hochait la tête en montrant son protégé comme pour le lui recommander.

– Vous enseignez l'arabe ?

– Non. L'histoire d'Espagne. Mais peut-on avoir seulement une idée de ce qu'est l'histoire d'Espagne sans savoir l'arabe ?

– Probablement pas.

– Menéndez Pidal s'est totalement trompé. Vous savez qui était Menéndez Pidal ?

– Ça me dit quelque chose.

– C'est l'inventeur du Cid. Un raciste anti-arabe. Prenez un pastis. Je vous l'offre.

La sommité princière se lança dans une psalmodie arabe qui se mua progressivement en fandango. Il avait empoigné les pans de sa veste et les avait relevés contre ses hanches, transformant son veston en gilet de danseur de flamenco. Les yeux fixés sur la pointe de ses chaussures, le professeur entreprit un zapateado lent et mal assuré. Carvalho régla sa consommation et essaya de sortir du bar mais la main du professeur-danseur s'abattit sur son épaule.

– Pourquoi avez-vous payé ? C'est moi qui invite.

– Je paie toujours ce que je bois.

– Pas quand c'est moi qui l'offre.

Le professeur balaya du bras l'argent que Carvalho avait laissé sur le zinc. La patronne était sortie de derrière son comptoir et ramassait les pièces tombées par terre, entre les deux hommes. Elle les rendit à Carvalho avec un clin d'œil complice. Pepe les empocha en haussant les épaules et sortit du bar. Il allait atteindre les Ramblas quand son attention fut attirée par un bruit de pas rapides qui se rapprochaient de lui. Au moment où il allait être rejoint, il se retourna et se retrouva nez à nez avec le professeur.

– Saviez-vous que toutes les études de toponymie sont truquées ? Non, pas truquées, ce n'est pas le bon terme. Volées ! Volées pour cacher à tout un peuple les signes de son identité. On veut nous faire oublier nos racines arabes.

Ils passaient près d'un tas de décombres déposé devant la grille de l'église Santa Mónica. Gagné par une impulsion soudaine, Carvalho poussa violemment le professeur, qui trébucha et alla s'affaler de tout son long sur les gravats. Carvalho se mit à courir. Il jeta un coup d'œil en arrière et vit l'autre se remettre debout avec difficulté. Il continua à courir, reprit une allure normale en passant devant les guérites de la Comandancía de Marina, mais, aussitôt franchi la partie éclairée du bâtiment, il reprit sa course pour pénétrer à nouveau dans le cœur du quartier. Il avait laissé sa voiture en stationnement rue Barbará. La crainte d'une nouvelle rencontre avec l'ivrogne ne l'avait pas quitté. Elle se produisit effectivement alors qu'il passait devant le dancing Cádiz. L'autre avait calculé son itinéraire et l'attendait au milieu de la rue, les jambes écartées, en agitant les bras comme pour engager un combat en quinze reprises.

– Viens ici, espèce d'enfoiré. Viens te battre avec Mohamed Ali.

Les trottoirs étaient déserts et c'est à peine si la lumière sale que diffusaient quelques réverbères tuberculeux parvenait à vaincre l'obscurité de la rue. Carvalho porta la main à sa poche et en sortit son couteau à cran d'arrêt. Au moment où l'autre allait se jeter sur lui, il fit jaillir la lame et en balaya l'air à un centimètre du visage du professeur. La sommité princière se rejeta en arrière et regarda Carvalho d'un air perplexe.

– Monsieur a un couteau.

Mais il reculait et Carvalho, couteau en avant, chargea furieusement. L'autre battit en retraite, sans se retourner, et tomba sur le trottoir. En proie à une fureur incontrôlée, Carvalho le bourra de coups de pied, cherchant la tête que l'homme à terre protégeait avec ses deux bras.

– Eh ! Qu'est-ce qu'il se passe, ici ?

Deux prostituées sortaient du Cádiz et l'une d'elles se mit à crier. Carvalho rempocha son couteau et se mit à marcher sans forcer l'allure. Il ressentait au creux de la poitrine la même chaleur réconfortante qu'y laisse un bon verre de cognac français ou un whisky Black Label.

## 33

Le mot disait : « Je voudrais vous parler de Julio, mais sans témoin. Venez à quatre heures au bar Luna, sur la Rambla de Catalunya, à l'angle de la place de Catalogne. » À quinze heures cinquante-cinq, il aperçut Queta qui s'apprêtait à traverser la Rambla. Elle portait une robe ample, sans manches, des sandales et un sac rouge. Carvalho s'avoua que c'était une femme qui attirait le regard. Une expression de souffrance ou de crainte ajoutait un charme trouble à l'érotisme de son corps encore jeune et plein. Elle repéra Carvalho et se planta devant sa table. Il se leva et lui montra la chaise en métal. Elle ne voulait rien prendre, mais Carvalho l'obligea à accepter un café. Elle avait un air buté, comme si elle voulait redoubler d'énergie pour dissimuler sa faiblesse.

– Nous allons boire quelque chose, puis nous partirons en voiture. C'est plus sûr pour parler.

– Je ne vois pas ce qu'on a à se dire. Je ne sais pas ce que vous me voulez et je n'ai rien compris à votre mot.

– Alors, pourquoi êtes-vous venue ?

Elle ne répondit pas, reprise par sa timidité naturelle, n'osant même pas regarder Carvalho.

– Écoutez, je suis au courant de vos relations avec Julio Chesma. Votre mari m'a chargé d'identifier un noyé qu'on a retrouvé il y a quelques semaines sur la plage de Vilassar. Il était méconnaissable, les poissons lui avaient mangé le visage, et il portait une inscription dans le dos...

Il n'alla pas plus loin. Queta pleurait, le mouchoir à la main, ses sanglots tournaient à la crise d'hystérie. Carvalho sortit précipitamment de l'argent de sa poche, laissa la somme indiquée sur le ticket et prit Queta par le bras. Il l'entraîna, la poussant presque jusqu'au parking situé face au cinéma Coliseum, sous les regards inquiets du gardien à qui Carvalho fit un signe d'impuissance masculine devant la fragilité psychologique des femmes.

Il prit la Gran Vía, puis obliqua vers l'autoroute de la côte. Queta semblait plus calme. Elle respirait normalement et faisait mine de s'intéresser au paysage. Lorsqu'ils arrivèrent à la hauteur de Masnou et qu'apparut la mer, éclatante sous le soleil du soir, Queta se retourna vers Carvalho, inquiète.

– Où est-ce que vous m'emmenez ?

– À Caldetas.

– Je ne veux pas y aller !

– Ce n'est peut-être pas indispensable.

– Je ne veux pas y aller ! Je saute de la voiture ! Vous n'avez pas le droit !

– Ce n'est peut-être pas indispensable. Je sais presque tout. Il me manque juste quelques détails.

Queta regardait la route comme si, à chaque kilomètre, un peu d'elle-même s'en allait.

– Comment avez-vous connu Julio ?

– Quel Julio ?

– Celui de ma lettre. Dans ma lettre, j'ai écrit ce nom, et vous avez compris de qui il s'agissait.

– J'ai su qu'il s'appelait Julio quand vous l'avez dit à Ramón.

– Comment l'avez-vous connu ?

– Quelle importance ? Qu'est-ce que ça peut vous faire ? S'il vous plaît. Je ne veux pas retourner dans cette maison. Je vous en prie.

– Nous pouvons nous promener pendant que vous me raconterez.

– Je l'ai rencontré dans un cinéma. Ramón n'aime pas le cinéma. Parfois, l'après-midi, je vais voir un film dans le quartier, quand il reste peu de clientes au salon.

– Il y a longtemps ?

– Un peu plus d'un an. Un an et demi. Je ne sais pas pourquoi j'ai fait cette bêtise. Dieu nous a punis. Tous.

– Comment vous a-t-il dit qu'il s'appelait ?

– Alejandro.

– Et, tout de suite, vous vous êtes retrouvés dans la maison de Caldetas ?

– Non. D'abord, il m'emmenait dans des endroits qu'il connaissait.

– Quel genre d'endroits ?

– Vous savez bien ce que je veux dire.

– Des hôtels ?

235

Elle ne répondit pas. À présent, elle regardait sa jupe, le visage fermé.

– Vous n'avez pas trouvé bizarre qu'il ne vous emmène pas chez lui ?

– Il vivait dans une pension, c'est ce qu'il m'avait dit. Mais, à Caldetas, on a pu y aller assez vite. Il m'avait dit que la maison appartenait à des cousins à lui.

– Il avait une tête à avoir des cousins propriétaires d'une maison pareille ?

– Il était très bien. Très bien élevé. Très cultivé.

– Votre mari savait ?

– Non.

– Mais il a fini par apprendre.

– Non.

– Alors, pourquoi m'a-t-il chargé d'identifier un cadavre qu'il connaissait parfaitement ?

– Il ne connaissait pas son vrai nom.

– Donc, vous admettez qu'il connaissait l'existence de votre ami ?

– Non, je n'ai pas dit ça.

Carvalho se pencha vers Queta et cria :

– Ne soyez pas stupide ! La police n'y mettrait pas tant de formes, en moins d'une minute, vous lâcheriez le morceau !

– Ne criez pas. Qu'est-ce qui vous autorise à me parler sur ce ton ? Laissez-moi descendre.

– À partir de quand votre mari a-t-il été au courant ?

– Je n'en sais rien.

– Dites-moi comment il est mort.

– Il s'est noyé.

– Il ne s'est pas noyé. Ou alors c'est que votre

mari l'a vu se noyer. Les journaux n'ont pas dit un mot sur un éventuel rapport entre le noyé et les descentes de police. Mais votre mari m'a mis sur la piste tout de suite.

– Vous savez bien que, dans ce quartier, il y a plein d'indics. Pourquoi se le cacher ? Les affaires de Ramón ne sont pas toutes propres. Il a des relations.

– Mais pas assez bonnes, puisque c'est moi qu'il charge d'établir ou de vérifier l'identité d'un noyé. Ne me racontez pas de blagues ou je m'arrête au premier poste de police.

– Et après ? J'avais un ami. Ou un amant, si vous préférez. Ramón est au courant. Qu'est-ce que je risque ?

– Tous les amants ne sont pas retrouvés noyés dans des conditions aussi mystérieuses et ne provoquent pas un pareil remue-ménage. Laissez-moi compléter votre histoire. Votre mari est au courant. Il tue votre amant, jette son corps à la mer. Puis il entend dire que la police est sur la piste d'une organisation de trafiquants de drogue et qu'il y a un rapport avec la découverte du cadavre. L'affaire se complique, et sa situation devient délicate. Il me charge de l'enquête pour voir si je découvre une autre piste possible que la drogue. Je rentre de Hollande et tout marche comme sur des roulettes pour lui. On ne parle que de drogue, et vous vous en tirez tous les deux. Il est allé un peu vite en me confiant l'enquête et il veut en finir : le travail est fait, il me paye, terminé. Mais ce n'était plus possible, j'ai la puce à l'oreille, j'en sais trop, je continue.

– Pourquoi ? Qu'est-ce que vous voulez ?

– Plus d'argent ? Peut-être. Tout simplement, boucler le dossier pour mon propre compte. Je n'aime pas les mystères, c'est pourquoi je fais un métier qui consiste à les déchiffrer.

– Ne comptez pas sur moi pour vous dire que Ramón a tué Julio.

– Il l'a pourtant fait. Dans la maison, j'en suis sûr. Le propriétaire a même vu des taches de sang. (Queta cacha son visage dans ses mains.) Et il n'a pas pu le faire seul. Comment aurait-il pu venir à bout, seul, de l'homme grand et blond comme la bière ?

Perplexe, Queta l'observait.

– La famille Larios l'a aidé, probablement. Le père, les deux frères. Il leur a souvent rendu service. Par exemple, en donnant du travail à la gamine, n'est-ce pas ?

– C'étaient eux ?

La femme regardait de nouveau la route.

Elle pleurait, maintenant.

– Cette espèce d'imbécile était né pour révolutionner l'enfer et il est mort d'un coup de cornes. Vous avez regardé ailleurs pendant qu'ils l'assassinaient ?

Hystérique, elle se mit à frapper des poings contre la vitre.

– Je veux m'en aller ! Laissez-moi sortir !

Carvalho lui donna un coup de poing dans le dos qui lui coupa le souffle.

– Je vais te ramener chez toi, maintenant. Raconte notre petite entrevue à ton mari ; tu lui dis bien que nous n'avons pas été jusqu'à Caldetas. Pour ce qui me concerne, il peut dormir tranquille. Mais demain j'irai le voir. Je veux lui parler. Je me suis bien appliqué, j'ai appris plein de choses, je considère que je suis mal payé. Surtout si notre conversation, demain, ne se déroule pas comme je le souhaite.

# 34

Queta le vit entrer sans manifester aucun trouble. Bouboule, manœuvrant comme d'habitude, le dépassa et lorsqu'il parvint à l'entresol elle s'y trouvait déjà, montant la garde auprès de M. Ramón. Le vieil homme attendit que Pepe se fût assis et fit signe à la grosse de descendre. Après avoir vérifié qu'ils étaient bien seuls, il ouvrit un tiroir de sa table et y prit une enveloppe qu'il lança à Carvalho. Elle retomba sur les genoux de Pepe, qui l'ouvrit lentement et compta l'argent. Cent mille pesetas.

– Prenez-les et allez-vous-en.

Carvalho remit l'argent dans l'enveloppe, et la jeta brutalement au visage de M. Ramón.

– Je n'ai pas encore décidé si je veux être acheté ou pas.

– Qu'est-ce que vous voulez, alors ? Queta a dû vous raconter toute l'histoire.

– Il serait plus juste de dire que c'est moi qui lui ai raconté toute l'histoire et qu'elle ne m'a pas contredit.

– Qu'est-ce que vous lui avez raconté ?

– Vous découvrez que votre femme a un amant.

Vous vous rendez à l'endroit où ils ont rendez-vous. Vous le tuez, puis, avec les complices qui vous accompagnent, vous le transportez dans une camionnette de livraison de produits congelés jusqu'aux entrepôts Larios, à Badalona. Vous embarquez le cadavre dans un hors-bord. Vous lui mettez un maillot de bain et vous le jetez à l'eau. Mais c'est un cadavre dangereux. Il pèse aussi lourd qu'un gros paquet de drogue. Et les premiers renseignements qui vous parviennent sont alarmants. Vous vous rendez compte que vous risquez d'être impliqué, soit par la police, soit par les amis de la victime. Dont vous ignorez même le nom. La police mène l'enquête avec efficacité. Alors vous me chargez de découvrir l'identité du mort. J'aborderai l'affaire lavé du péché originel et je vous rapporterai des informations vierges. Vous n'avez pas eu de chance, le personnage m'a intéressé. Ça ne se produit pas à tous les coups. J'aimais beaucoup la littérature, monsieur Ramón. Maintenant, je n'éprouve plus d'intérêt que pour la littérature en chair et en os, et notre ami était en quelque sorte un héros littéraire inutilisé. Je me suis donc contenté de suivre les pistes qui se présentaient et voilà que je découvre la femme de la chanson, la vraie femme de la chanson.

– Quelle chanson ?

– C'est mon affaire. Les faits se sont déroulés comme je vous l'ai dit. Vous saviez déjà à mon retour de Hollande que la police croyait à une affaire de drogue. Vous n'étiez pas concerné. Vous étiez « out », mon cher, et vous n'aviez plus besoin de moi.

– Prenez les cent mille pesetas et fichez le camp.

– Pourquoi l'avez-vous tué ?

– Le mobile ne vous paraît pas suffisant ?

– Vous ne donnez pas l'impression d'être particulièrement émotif. Et vous avez prémédité votre crime. D'ailleurs, vous ne l'avez pas commis seul.

– Vous êtes sûr que c'est moi qui l'ai tué ?

– Qui, sinon vous ?

– Cette femme est une véritable ordure.

M. Ramón semblait furieux. La rage colorait ses tavelures de vieil animal délavé. Il s'était levé, tremblant d'exaltation.

– Elle a bouleversé ma vie. J'ai tout quitté pour elle. Est-ce que vous croyez que je suis fait pour diriger un salon de coiffure ? Un trou pareil ? Cette femme était la manucure de ma femme, de ma vraie femme. Il y a quinze ans, j'avais de l'allure, et assez de cran pour vous casser la gueule, à vous et à l'autre maquereau. J'ai tout quitté pour elle et tout allait bien jusqu'à ce qu'il débarque. C'est une chiffe molle, elle, un corps sans squelette. Il l'a levée dans la rue et elle n'a même pas eu une pensée pour tous les sacrifices que j'avais faits pour elle, pour tout ce que j'avais perdu.

Il se rassit, comme vidé de sa colère, et de ses forces.

– J'ai l'âge de vivre en paix. Ma femme, la vraie, vieillit heureuse, entourée de mes enfants et de mes petits-enfants. Notre âge est difficile, nous avons besoin d'attention, d'égards. Et moi, j'en ai de plus en plus besoin au fur et à mesure que le temps passe, vous comprenez ? L'âge de la paix.

Il agitait les mains dans le vide, tel un pianiste.

– Je n'aurais peut-être rien fait si je ne l'avais pas vu de mes propres yeux, vous comprenez ? Je n'étais allé là-bas avec mes amis que pour lui flanquer une raclée, à lui, et à elle une bonne trouille. Cette femme est une véritable ordure. Dès qu'elle nous a vus entrer, elle s'est mise à se traîner sur le sol, comme elle était, complètement nue, et à vouloir m'embrasser les mains. Il ne compte pas, Ramón ! Mon chéri ! Je te dois tout ! Et pendant ce temps les autres l'ont cogné jusqu'à ce qu'il perde connaissance.

M. Ramón s'enfonça dans son fauteuil pivotant. Il regardait Carvalho, souriant maintenant à la pensée de la révélation inattendue qu'il allait lui faire.

– Et vous savez ce qui s'est passé ?

Il n'attendit pas la réponse.

– Elle essayait de me prendre dans ses bras, sans se soucier le moins du monde de l'état dans lequel se trouvait son type. Ramón, mon chéri ! Il n'est rien pour moi ! Il n'y a que toi qui comptes !

Il étudiait Carvalho comme un joueur professionnel sûr de son jeu.

– Je me suis contenté de lui tendre une petite statue de bronze qui se trouvait sur la commode.

Carvalho cligna des yeux. Il voyait du sang.

– Je n'ai fait que la lui tendre, elle a su tout de suite ce qu'elle devait faire.

Carvalho détourna son regard du visage de M. Ramón. Il chercha dans la pièce un endroit où regarder.

– Elle lui a mis le visage en bouillie. Elle a tapé,

elle a tapé. Lorsque nous avons voulu l'arrêter, il ne restait plus un endroit intact, il était méconnaissable.

Carvalho était fatigué. Il le sentait à la gratitude qu'il éprouvait envers sa chaise, à l'agrément que lui procurait maintenant le ton de confidence qu'avait pris la voix de M. Ramón.

– Le reste, je l'ai fait pour la sauver, elle. Je vous ai demandé de mener une enquête, comme vous l'avez très bien compris, quand je me suis rendu compte des dimensions que prenait l'affaire. Regardez.

Il replongea une main dans son tiroir et en sortit deux billets d'avion.

– Au cas où vos vérifications auraient conduit à quelque chose d'inquiétant, ou bien si la police était venue ici, bref au moindre signe nous serions partis. Tous les deux. Elle aussi.

Il lui montra le nom de Queta sur un billet.

– Ce qui commence mal finit mal, monsieur Carvalho. C'est une grande vérité. Mais j'ai encore, nous avons encore de l'espoir.

Il lui montra, la lui tendant presque, l'enveloppe pleine de billets.

– Si cette affaire reste entre nous, je double la somme.

Carvalho savait que le moment était venu de quitter la scène. Mais il était fatigué et il aurait préféré que M. Ramón le fît à sa place. Il attendit en vain, désirant vaguement s'endormir sur son siège et y rester jusqu'à ce que le salon soit vide et qu'il puisse rentrer chez lui. Il n'entendait déjà

plus les dernières prières du vieillard, qui continuait à lui imposer l'épouvantable médiocrité du
dénouement de l'histoire. Carvalho se leva, tourna
le dos à M. Ramón, descendit l'escalier, traversa
le magasin comme on emprunte un tunnel désert.
Il se retrouva sur les Ramblas, au milieu de la
promenade centrale, paralysé. Puis il prit, presque
inconsciemment, la direction du sud, et se retrouva
au pied de l'escalier qui conduisait à l'embarca-
dère des *golondrinas*. Il acheta un billet et grimpa
dans le petit bateau qui traversait le port jusqu'au
môle. Il laissa errer son regard sur la promenade de
la jetée, s'attarda sur les gestes lents des pêcheurs
à la ligne, accablés d'un soleil leur imposant le
négligé fonctionnel d'une semi-nudité. Le paysage lui paraissait familier. Une scène adolescente
s'imposa à lui. La contemplation muette des eaux
du quai des vendeurs de moules, les préservatifs
rongés qui flottaient entre les bâtisses sur pilotis,
comme autant de péchés. Un péché par préservatif.

– Ils les jettent des bateaux ? demandait un camarade moins expérimenté.

– Ils viennent des égouts.

Les effluves d'une friture de tomates et d'oignons
le ramenèrent à un monde tolérable. Ils provenaient
d'une guinguette à laquelle on accédait par des
marches cimentées directement sur les pierres de
la jetée. Carvalho contempla les poêlons fumants
pleins de moules marinières. L'heure était propice
et l'endroit splendide pour apporter quelque apai-
sement à un ventre en peine.

## 35

Il fut bien obligé d'acheter le journal. Charo lui avait annoncé la nouvelle par téléphone et il descendit exprès à l'imprimerie de Vallvidrera, où l'on trouvait aussi la presse. C'est Fernando Cassado, de *Tele/Express*, qui donnait la primeur de l'information, accompagnée d'un dessin d'une morbide intensité naturaliste. Don Ramón Freixas, propriétaire d'un salon de coiffure du cinquième arrondissement, avait été retrouvé mort dans son magasin. Deux des employées, deux cousines, arrivées tôt le matin, avaient trouvé la porte de l'établissement ouverte. Le cadavre de don Ramón gisait, une paire de ciseaux plantée dans le cou. Enriqueta Sánchez Cámara, une femme qui vivait en concubinage avec le propriétaire depuis qu'il avait quitté les siens, avait disparu. La police était sur ses traces.

Carvalho emprunta au hasard un sentier pénétrant les pinèdes et les chênes verts et se laissa porter, au gré d'une marche capricieuse, sous un soleil de plomb qui exaltait les arômes de résine. Les dernières paroles de la chanson lui revinrent soudain en mémoire :

*Matelot, écoute et dis-moi :*
*Sais-tu où il est ?*
*Il était fier et vaillant*
*Et plus blond que le miel.*

*Regarde son nom d'ailleurs*
*Écrit là sur ma peau,*
*Matelot, si tu le rencontres,*
*Dis-lui que je meurs pour lui.*

Histoires de politique fiction
*Christian Bourgois, 1990*

Le Tueur des abattoirs
et autres nouvelles
*Seuil, 1991*
*et « Points », n° P526*

Hors jeu
*Christian Bourgois, 1991*

Histoires de famille
*Christian Bourgois, 1992*

Le Labyrinthe grec
*Christian Bourgois, 1992*
*et « Points », n° P2059*

Paul Gauguin
*Flohic, 1991*

Galíndez
*Seuil, 1992*
*et « Points », n° P1006*

Mémoires de Barcelone
*La Sirène, 1993*

Histoires de fantômes
*Christian Bourgois, 1993*

Recettes immorales
*Mascaret, 1993*
*réédition Éditions de l'Épure, 2004*

Manifeste subnormal
*Christian Bourgois, 1994*

J'ai tué Kennedy
ou les Mémoires d'un garde du corps
*Christian Bourgois, 1994*
*et « Points », n° P1822*

Assassinat à Prado del Rey
et autres histoires sordides
*Christian Bourgois, 1994*
*et « Points », n° P1823*

Moi, Franco
*Seuil, 1994*
*et « Points », n° P339*

Sabotage olympique
*Christian Bourgois, 1995*

Trois histoires d'amour
*Christian Bourgois, 1995*

Aperçu de la planète des singes
*pamphlet*
*Seuil, 1995*

Les Recettes de Pepe Carvalho
*Christian Bourgois, 1996*

Saga maure
*(en collaboration avec Martine Voyeux et Mohamed Choukri)*
*Marval, 1996*

Au souvenir de Dardé
*Christian Bourgois, 1996*

Les Travaux et les Jours
*(en collaboration avec Michel Vanden Eeckhoudt)*
*Actes Sud, 1996*

L'Étrangleur
*Seuil, 1996*
*et « Points », n° P521*

Questions marxistes
*Christian Bourgois, 1996*

Le Désir de mémoire
Entretiens avec Georges Tyras
*Paroles d'aube, 1997*

Roldan ni mort ni vif
*Christian Bourgois, 1997*
*et « Points », n° P2298*

La Pasionaria et les Sept Nains
*essai*
*Seuil, 1998*

Le Petit Frère
*Christian Bourgois, 1998*
*et « Points », n° 2299*

Ou César ou rien
*Seuil, 1999*
*et « Points », n° P777*

Avant que le millénaire nous sépare
*Christian Bourgois, 1999*

Le Prix
*Christian Bourgois, 1999*
*et « Points », n° P754*

La Longue Fuite
*Flohic, 2000*

La Méditerranée espagnole
*(en collaboration avec Eduardo Gonzalez Calleja)*
*Maisonneuve et Larose, 2000*

Pourtant le voyageur en fuite
*Le Temps des cerises, 2000*

Le Quintette de Buenos Aires
*Christian Bourgois, 2000*
*et « Points », n° P860*

Et Dieu est entré dans La Havane
*essai*
*Seuil, 2001*

Le Maître des bonsaïs
*(en collaboration avec Erika Pittis)*
*Seuil Jeunesse, 2002*

Barcelones
*essai*
*Seuil, 2002*

L'Homme de ma vie
*Christian Bourgois, 2002*
*et « Points », n° P1087*

Marcos, le maître des miroirs
*essai*
*Mille et Une Nuits, 2003*

Vu des toits
*Langues pour tous, 2003*

Érec et Énide
*Seuil, 2004*
*et « Points », n° P1289*

Milenio Carvalho
*Christian Bourgois, 2006*
t. 1 : Cap sur Kaboul
*« Points », n° P1660*
t. 2 : Aux antipodes
*« Points », n° P1661*

Les Enquêtes de Pepe Carvalho
vol. 1
*Seuil, 2012*

RÉALISATION : NORD COMPO À VILLENEUVE-D'ASCQ
IMPRESSION : CPI BRODARD ET TAUPIN À LA FLÈCHE
DÉPÔT LÉGAL : SEPTEMBRE 2012. N° 104438 (69326)
IMPRIMÉ EN FRANCE

# Éditions Points

Le catalogue complet de nos collections est sur Le Cercle Points, ainsi que des interviews de vos auteurs préférés, des jeux-concours, des conseils de lecture, des extraits en avant-première…

**www.lecerclepoints.com**

## Collection Points Policier